CLÁSICOS DE
CIENCIA FICCIÓN Y FANTASÍA

LA BOMBA INCREÍBLE

PEDRO SALINAS

PRÓLOGO DE RICARDO MUÑOZ FAJARDO:
LA GENERACIÓN DEL 27 Y EL GÉNERO FANTÁSTICO

Ciencia Ficción y Fantasía – 179

La bomba increíble
Primera Edición, marzo de 2026

© Libros Mablaz, Madrid

© De esta edición, Libros Mablaz, Madrid

blogs:
Editorial Libros Mablaz
http://editoriallibrosmablazycienciaficcion.blogspot.co
m.es/
Ciencia ficción y fantasía en Libros Mablaz:
http://mablazlibros.blogspot.com.es/
Librería en Todocolección:
https://www.todocoleccion.net/s/catalogo?identificad
orvendedor=LibrosMablaz

Diseño de cubiertas: Mari Carmen López

ISBN: 979-13-991844-3-3
Depósito Legal: M-7481-2026

LIBROS MABLAZ - 458

LA BOMBA INCREÍBLE:
Fabulación

Pedro Salinas

Prólogo:
La generación del 27 y el género fantástico

La generación del 27, para mí menos magnífica que la del 98 pero sin duda extraordinaria, aunque es mucho más conocida por su vertiente poética, también escribió prosa, y aunque no abundó, utilizó lo irracional y mágico como recursos literarios, y no solo referido a la prosa, sino en otro tipo de obras, como puede ser la citada poesía o incluso como en la escritura de un guion cinematográfico.

La generación del 27 penetró profundamente en la simbología del surrealismo, que se puede considerar o no fantasía o ciencia ficción, incluso terror, pero que muchas veces incidió en autores posteriores de los tres géneros.

Este grupo de autores falleció en fechas más o menos recientes, por lo que para rescatar sus escritos para una reedición están vigentes los derechos de autor y, como Libros Mablaz no los va a quebrantar, nos ceñiremos a las obras con el *copyright* vencido.

Este el caso de *La bomba increíble*, que fue la única vez que Pedro Salinas, su autor, se aventuró en fantasías y *ciencias ficciones*. Y si escribió una distopía fue porque quiso que se viera como un alegato pacifista frente al miedo que se había extendido contra las bombas atómicas en todo el mundo.

La trama trascurre en un país imaginado por el autor, militarizado hasta los dientes, como ocurría en el año de su publicación, 1950, con los dos grandes rivales de la guerra fría, Estados Unidos y la Unión Soviética. En aquella nación inventada que solo pensaba en guerrear, unos científicos han descubierto lo que han denominado la bomba definitiva. La cuestión es que cuando es lanzada y detona, el artefacto no causa una explosión como la que suelen hacer el resto de las bombas, sino que de ella sale una sustancia que es capaz de quitar malos sentimientos, como es el odio o la agresividad. Esto parece muy bueno, pero la detonación del obús tiene un efecto secundario, anula la voluntad individual y la capacidad de resistencia de las personas, por lo que habría que elucubrar sobre si esta consecuencia estaba o no prevista.

A modo de referencia, para completar esta introducción, vamos a citar otras obras del 27 que se pueden incluir en estos géneros, para el lector interesado. Vamos a intentar mantener un orden cronológico con respecto a las fechas de su publicación, aunque cuando demos con un autor que tiene varias obras en estos géneros, haremos referencia de todas ellas junto a su nombre.

Wenceslao Fernández Flórez, *El hombre que compró un automóvil* (1922) un conjunto de relatos humorísticos con situaciones absurdas y toques fantásticos sobre la modernidad. En la antología de relatos publicada por él en 1931, *Fuegos artificiales* se incluye el relato *Tinieblas*, evidentemente de ciencia ficción sobre una ceguera colectiva repentina.

Rafael Dieste, el conjunto de relatos de misterio y fantasía popular gallega tratados de forma surrealista *Dos farsas pirotécnicas* (1923).

Juan Chabás, *El archipiélago* (1923), de una trama onírica y fragmentada, donde el espacio físico se comporta de forma fantástica y simbólica.

Benjamín Jarnés, *El profesor inútil* (1926), una de las cumbres de la prosa de vanguardia. Aunque no es del género plenamente, el autor utiliza una narrativa fragmentaria y onírica que rompe con la realidad convencional, explorando la subjetividad y lo irracional.

Del mismo autor de *La bomba increíble*, Pedro Salinas, se publicó en 1926 *Víspera del gozo*, obra que incluye los relatos del escritor donde la realidad se desdibuja a través de la percepción subjetiva y la fantasía intelectual, alejándose del costumbrismo de la época.

Antonio Espina, *Pájaro de paja* (1926), una antología de cuentos de vanguardia con elementos grotescos y absurdos. De Espina es *Locura y muerte de nadie* (1929), donde se refleja una narrativa de terror psicológico y despersonalización. En 1931 publicó *Pasión y muerte de un número*, un relato de ciencia ficción sobre una distopía burocrática.

Benjamín Jarnés, *La Venus dinámica* (1928), una novela sobre la modernidad mecanizada y personajes artificiales. Sin que se haya podido localizar la fecha, cuenta con una antología de relatos breves, *Estampas del mundo que fue* con un tono de fábula fantástica y mítica.

César Muñoz Arconada, Vida de Greta Garbo (1929) un biografía imaginaria con elementos líricos y fantásticos que mitifican la figura de la actriz.

Rafael Alberti, *Sobre los ángeles* (1929), poemario imprescindible del surrealismo español.

Luis Buñuel, coescrito con Salvador Dalí, el guion de la película *Un perro andaluz* (1929), un texto que se presenta como una sucesión de imágenes de terror surrealista y fantasía macabra que influyó profundamente en la prosa del grupo.

Federico García Lorca, *Poeta en Nueva York* (1929-1930), una obra estrictamente surrealista que incluso resulta difícil de leer. De Lorca, la editorial Libros Mablaz ha reeditado *Narraciones*, una antología que incluye la mayor parte de sus relatos fantásticos, muy característicos de la escritura habitual del autor.

Benjamín Jarnés, *La mujer de niebla* 1929), en donde el autor recrea apariciones espectrales y figuras difusas. De Jarnés, del mismo año, es *Paula y Paulita*, novela que trata el tema fantástico del doble.

Francisco Ayala, El boxeador y un ángel (1929), una recopilación de sus relatos vanguardistas que muestra situaciones absurdas e irreales.

María Teresa León, *Cuentos de la estrella de mar* (1930) antología de cuentos infantiles y juveniles con una fuerte carga de fantasía soñada y surrealismo poético.

Vicente Aleixandre, *La destrucción o el amor* (1935) un poemario nuevamente afincado en el surrealismo.

Concha Méndez, *La hija de Jefté* (años 40), obra teatral con tintes de fantasía bíblica y elementos simbólicos oscuros.

Etcétera.

Ricardo Muñoz Fajardo

LA ACRÓPOLIS DE LA CIENCIA Y
LA ROTONDA DE LA PAZ

La ciudad estaba asentada en terreno llano que ascendía suavemente, hasta un montículo, en su parte norte. Allí brillaba, día y noche, el imponente conjunto de la Acrópolis de la Ciencia. De día, con la blancura de los mármoles que revestían todos los templos, revelada por la gracia de Dios, la luz natural; de noche sostenida por la industria humana, proyectores eléctricos que no dejaban dormir a las superficies en la paz de lo oscuro, ni un momento. Simbólica continuidad, significante de que al hombre jamás se le debe apagar en la conciencia el valor supremo —la sumidad estaba denotada por el emplazamiento en la colina más alta— del conocimiento científico; ni la gratitud y orgullo que su posesión debe inspirar a la humanidad —expresado esto por la soberbia de los edificios y el arder constante de la luz eléctrica, ventajoso reemplazo de los hacheros y cirios votivos que antaño ardían en ofrenda a otro altísimo poder.

Nicasio Entrambasaguas llevaba quince años de guardián en la Rotonda de la Paz, construcción armoniosa —planta circular, peristilo de columnas de bronce, y sosegada cubierta cupular—, que inspiraba con sus líneas justamente el sentir sereno de reposo que la paz despierta. La columnata, porque todo fuese simbólico, estaba hecha con bronce de cañones fundidos, procedentes de los cuatro rincones del mundo. Cuando las maestras de escuelas, regentando sus tropillas de mozos y mozas, explicaban las hermosuras del edificio, complacíanse morosamente, dos minutos, en hacer ver cómo el metal que antes apuntaba a la destrucción era ahora soporte de fábrica tan bella. Signo del tiempo. Por supuesto, aún no habían llegado los escolares a la historia contemporánea, y no sabían, por ella, lo que de experiencia ignoraban, por ser tan tiernecitos de edad: que no hacía aún quince años que terminara la más destructora de todas las guerras. Y ni la docente ni sus discípulos estaban al tanto de una circunstancia que se pesó al confeccionar los presupuestos del Templo: los cañones aquellos eran metal arrumbado, inservible vestigio de unas épocas atrasadas, y, al utilizarlos, se casaba el simbolismo con la economía.

Conjugados esfuerzos de historiadores, eruditos, especialistas en varias ramas, sin olvidar a los de las ciencias sociales, se juntaron para dar forma y orden a la soberbia exposición de tantísimos artificios y trazas que los hombres, a costa de esfuerzos de su mente y fatigas de sus brazos, habían discurrido para conservar el preciadísimo bien de la paz, en el curso de miles de años, así en la tierra como en el mar y en el cielo. Pero bien entendido está, y se hace constar en todos los textos de escuelas, una y cien veces, y es consenso común e idea de recibo y mandamiento, casi como los diez, y axioma sin disputa, y principio de toda política, y base firme y sacra de cualquier sociedad organizada, que así como nada conserva al pez mejor que el agua, al ave que los aires, al sobretodo que el alcanfor, y al cadáver que el hielo, el más seguro e infalible modo de preservar la paz es la guerra. Se aúnan aquí, explanan los libros de lógica e historia;

porque se conviene en que nuestra civilización es hija ilustre de grandes antepasados, hebreos y griegos, romanos y germanos, religión de los unos, arte de aquéllos, leyes de los de más allá. Y entonces, si todas esas naciones, de tanta eminencia y a las que debemos nuestro ser, hicieron guerras para preservar la paz, una tras otra, y en esas militares pugnas cobraron tanta fama y honor como en los campos del pensamiento, ¿cómo vamos a errar nosotros en lo que ellos acertaron? En la evidencia de que toda guerra acaba, tarde o temprano —hasta la de los treinta, o los cien años—, en una paz. Y esto sentado, ¿habrá duda alguna de que el camino infalible para la paz es la guerra?

Por eso, porque el mundo de hoy, a diferencia del de antaño, se cimenta en el uso de la razón y el derecho, se acordó en la Conferencia Internacional de 1920 se hiciera constar en todas las constituciones, así las de los países que las tenían como en las de aquellos que no las tenían, esa berroqueña adhesión a la paz, en artículo idéntico en todas. "Esta nación se formula como principio invariable de su conducta política, al que todo ha de sacrificarse, el mantenimiento de la paz; y, por consiguiente, se obliga a sostener el arsenal bélico y el personal militar indispensables a tan alto fin, y usarlo sin vacilación y con toda energía en cuanto la defensa de la paz lo exigiera".

El progreso moral que eso significaba se hacía patente, asimismo, en las escuelas conforme a las instrucciones ministeriales. Antes, decían los maestros, una guerra la movían apetitos bestiales y bajos instintos. Codicia de riquezas, sueño de botín, ansia de dominación; algo se adelantó al acercarse al siglo XX. Entonces las contiendas se prendían por anhelo de justicia, para librarse de tiranos, o por razones de alta política que privilegiados cerebros discurrían. Pero siempre había disconformes; ahora, ¿cómo podría haberlos, si ya obliteradas aquellas bárbaras pasiones de los siglos medios, aquellas razones sutiles y pérfidas, a veces, de los modernos, la guerra no se ponía en marcha sino por mor de la paz, y cuando empezaba era con la sola aspiración de terminarse, imposible de lograr como no se comenzara?

Iba ya así la niñez y la mocedad visitante del Templo de la Paz debidamente adiestrada para que no tomase aquella incomparable exhibición de armas por lo que no era. Allí porras primitivas, mazas, partesanas, alfanjes y alabardas; allí hondas baleáricas, sambucas, catapultas, basiliscos, culebrinas y pedreros, trabucos, ametralladoras, lanzallamas; allí celadas y paveses, adargas y carros de asalto. De todo. Y lo mismo en la marina, hasta un submarino de última hechura; y en la aviación, los flamantes aviones, obreros de la gran maravilla de pasear por los cielos los fusiles, cañones y granadas que no podían antes arrancarse de las ruedas y de la tierra. Todo. Cada tipo o clase de arma estaba referida a la paz que conquistó: unas espadas de Toledo y unos mosquetes franceses tenían delante cartelas de esta leyenda: "Con armas de esta clase se logró la paz de Westfalia". Al pie del primer modelo de tanque y de un grosero y primitivo escupe llamas, rezaba el texto: "Por estas armas se pudo alcanzar la paz de Versalles". De tal suerte no se dejaba hueco al mal pensar y la función verdadera de las armas, que es hacer que unos hombres

conserven sus vidas, sin más inconveniencia ni ré-
mora que hacérselas perder a otros, quedaba bien
patente y manifiesta.

Donde se imponían con mayor persuasión a
los ojos los enormes avances de la ciencia y el largo séquito de beneficios y favores que ha ido de-
rramando sobre el hombre que la crea, era en la
sección de proyectos. Desde el primer objeto desta-
cado, el solo, en urna de cristal que marcaba su
importancia. Para cualquier doctrina no pasaba de
ser sucio pedrusco, que no valía el trabajo de aga-
charse a cogerlo. Pero, según la historieta de la
cartela, prolijas investigaciones de un especialista
en prehistoria tenían probado que fue arma arroja-
diza, quién sabe si de las primeras, con que un troglodita descalabró a un prójimo enemigo, en una
contienda tribal. Semejante técnica significaba un
gran paso de la inteligencia humana, conforme a la
explicación. Porque antes, el corto discurso de
aquellos antepasados les hacía creer que sólo mediante golpe asestado con piedra empuñada se lograba debelar al enemigo; pensemos, seguía la noticia explicativa, en toda la extrañeza del primer in-
dividuo que viese desplomarse a su adversario al-
canzado a distancia de tres o cuatro metros por el
pedrusco, enérgicamente impulsado, ya suelto de la
mano, sin necesidad de tocamiento directo. Allí, en
este —a nuestros ojos— inocente y atrasado modo
de agresión estaba el germen de las armas que hoy
nos pasman, que hieren y destrozan a lo muy le-
jano, sin que siquiera lo vea la mirada del que dis-
para.

Faláricas, venablos, dardos, saetas, cuadri-
llos, armas arrojadizas de punta, todas lanzadas a

mano, se sucedían con la monotonía de los tristes siglos medievales, alternando con algún bodoque o toscas pelotas de piedra. Por fin, como en la descubierta de un nuevo continente, se abrían las perspectivas de la moderna pirobalística. Y el espectador recorría todas sus variaciones de forma y tamaño: la mostacilla, el mínimo, el perdigón, la posta y, creciéndose en magnitud, perfección y eficacia, las balas y balines que nos acercan al presente; luego —señoras de todas— los proyectiles astilleros, bombas y granadas, en constante ascenso de mejoría, hasta los reyes de su género, los enormes proyectiles de la cañonería marinera y de costa. Ya estos estaban bajo la advocación de un enorme letrero: siglo xx. Y con ellos el torpedo de mar, el torpedo de aire y al fin la nueva bomba atómica ofrecida sólo en su apariencia y superficie, claro, sin que se le viera el secreto. Nada podían decir ante semejante despliegue los negadores del progreso; hasta el más contumaz, habiendo admirado el camino hecho desde el pedrejón paleolítico a la bomba química, tenía que callarse la boca; o, si la abría, abrirla boqueando de asombro.

En la pared se proyectaban, en letras luminosas de colores, aforismos y máximas autorizados por los siglos y los nombres augustos de sus autores, y todos conducentes al elogio de la paz. La más frecuente —se repetía cada cinco minutos— era la latina: *Si vis pacem para bellum*. Otra, que sólo salía dos veces al día, rezaba: *Paz, nodriza amada de las artes, la abundancia y las gozosas creaciones*. Entre estas dos se encendían y apagaban otras gemas de la sabiduría y la experiencia: *Hay paces más destructoras que la guerra*, avisaba esta; *Hombre, soy de paz, pero no al extremo de confundir la paz con la opresión*, distinguía aquélla; *Nunca he defendido la guerra sino como un medio de paz*, proclamaba la más instructiva de todas, la segunda en frecuencia de aparición, en brillantes caracteres. Las leyendas remachaban así en el ánimo de los visitantes la clara verdad de que el bien más codiciable es la paz, justificando aquella imponente serie de esfuerzos, en las vitrinas ejemplificados, que los hombres se han tomado para lograrla. Por eso se recorría aquella sección con andar paso y hablar quedo, dominado el espíritu por una atemorizada reverencia, hija de la contemplación de casquillos de metralla y torpedos aéreos y de la lectura de las sapiencias que aparecían sin cesar en lo alto. Estos aforismos representaban la clarividencia del espíritu humano, y aquestes objetos la ingeniosidad del trabajo manual; en total, el hombre entero en cuanto ser racional y en cuanto ser fabril.

En aquella sección servía, seis horas al día, Nicasio Entrambasaguas, inválido de guerra. Por serlo tenía aquel empleo, digno y reposado. Nadie le notaba lo lisiado, una pierna de menos, un ojo postizo, que le vinieron a faltar, por un bote de metralla, en la última guerra. Porque el adelanto de la ortopedia había suplido tan artificiosamente a la naturaleza, que no se le advertía renquera ni cortedad de visión. El guardián sentía hasta cierto secreto orgullo, al notar de cuando en cuando las partes extrañas de su cuerpo natural; portador, beneficiado, él asimismo, de los adelantos científicos. Su pierna dejó de asemejarse a la del animal, era extremidad hechiza, inventada, forjada por la habilidad humana. Quién sabe si más auténticamente humana, por eso, por emular con labor de arte la sencilla obra de la naturaleza, demostrando que si la mano de Dios es poderosa, la del hombre, cuando la asiste la luz del saber, no se queda corta.

¿Qué mejor testigo que este humilde *serviciario* de la marcha del progreso? Cuando entró a este empleo la sala no era la misma; año por año había ido viendo cómo aumentaban los objetos expuestos, cómo los funcionarios del museo estudiaban la colocación, montaban las vitrinas, o las plataformas, y por fin, un día, colocaban solemnemente la nueva invención en su sitio. A él podían venirle con la monserga de que el siglo xx no es el niño bonito de la historia. ¡Pero si en sólo unos cuarenta años se había sacado de la cabeza infinitamente más ingenios de paz que la miseria, relativamente hablando, de los producidos en los muchos siglos de tinieblas e ignorancia de la Edad Media! Aquella sección no estaba estancada como otras: vivía. Y los cultivadores incansables de la ciencia traían aquí, a orgullosa muestra, las flores de su esfuerzo; igual que otros cultivadores de inferior rango, los jardineros llevaban a los concursos de flora nuevas especies de rosas. Sí, flores de la ciencia eran estas bombas y granadas, y al entusiasta Nicasio se le figuraba sentir por las ventanas de la nariz sus casi imperceptibles, severos aromas.

Hasta le servían de ejemplo de enseñanza y aclaración de inteligencias aún confusas. Un día una criatura, como de cinco años, traída por mano de niñera, entró en la sala; y de pronto, sin que se supiera por qué, rompió a llorar descosidamente. Se prendía de las faldas de su ductora, tiraba de ella hacia la puerta: "Me da miedo, me da miedo", repetía de sonsonete. Nicasio se acercó, todo sonriente: "¿Pero de qué tienes miedo, nene, de qué? Si esto no es malo, si no hace daño. Mira, ven". Lo llevó a la plataforma donde estaban las pelotas de piedra. "¿No ves? Toma, cógela, échala a rodar". Se resistía el infante receloso; al cabo, convencido por las dobles instancias de la niñera y el guardián, empuñó la bala. "¡Cuánto pesa!" "No importa, tontín. Échala a rodar, anda, verás". Y tan bien rodaba a pesar de su rugosidad por el suelo encerado, y tan entusiasmado se vio al niño, que hubo de quitársele el juguete, temeroso Nicasio de sorpresa y reprimenda. Al salir, volvía el párvulo la mirada, la ponía en la bala y decía a la niñera: "Me traerás otro día, ¿verdad? Ya no tengo miedo". Así Nicasio contribuía con humilde fervor a disipar errores, a derrocar supersticiones, a enseñar al hombre, desde niño, que las cosas no siempre son lo que parecen.

II

APARICIÓN

Solía Nicasio, en horas de poco público, arrimarse a alguna de las salas vecinas, en demanda de plática con algún compañero. Aquel día estaba de palique con un mutilado de los dos brazos (todos los guardianes del Templo de la Paz eran inválidos de guerra, para probar que si la pugna bélica deja atrás algunas mermas las compensa con suficientes artificios y las recompensa con holgados salarios, y es por consiguiente fuente de pacíficas fruiciones) en la sala de "El alcoholismo a través de los tiempos". Hablaban de sus cosas, al pie de una imagen del cuerpo humano, tamaño natural, toda al descubierto por dentro para dar clara visión y lección suficiente de los estragos que causan las bebidas en las más nobles vísceras, cuando un caballero, canoso él, bien trajeado, y que aparentaba andarse por los sesenta, se le acercó con corteses ademanes:

—Me haría el favor, ¿es usted el guardián de la Rotonda de la Paz?

—Para lo que usted mande, caballero.

—Quería saber qué clase de bomba es esa nueva, la del centro... Como no tiene cartela...

Nicasio no entendió bien.

—¿Nueva, dice usted? ¿En el centro?

—Sí, en medio mismo. Y nueva debe ser, porque hace tres días no estaba.

No, el interrogante no aparentaba ser enajenado permanente, ni tampoco víctima pasajera del mal sufrido por la figura que tenían al lado. Algo raro era aquello.

—Vamos a ver, vamos a ver —repuso Nicasio.

—No se moleste, no... Será equivocación...

No aguardó respuesta, se encaminó hacia la salida; y con paso vivo, que desdecía de su porte y años. Mientras los dos guardianes le miraban boquiabiertos, se desvaneció por el corredor.

—No lo entiendo —dijo Nicasio al compañero—. Parece un señor muy formal...

Pero no se sentía tranquilo. Cortó la cháchara y se fue a su sala. Antes de entrar, desde la puerta misma lo vio. Si lo vio, lo estaba viendo, aunque con un solo ojo, con la claridad y el terror con que lo miraría si tuviese los cien de Argos. En el mismísimo centro de la *Rotonda*, entronizada en soberbia vitrina, campeaba un nuevo objeto, una bomba nueva. Nicasio, frenado un segundo en su marcha por la visión increíble, se precipitó hacia la aparición. Que no lo era, no. Tocó la vitrina con las dos manos, sintió el cristal. No podía engañarle, si el tacto le aseguraba, la vista: allí estaba, imponente, como un tercio menor que la atómica, la bomba, otra, nueva. La forma muy extraña, más bien oval que esférica, algo así como un huevo pero más aplastada. El color no era el frío brillante del metal, sino tirando a cárdeno. Sin duda por efecto de la luz, parecía dotada de un movimiento asemejable a un inflado globo que empieza a desinflarse y entonces se dilata otra vez a su plenitud y torna a encogerse, con rítmico subir y bajar. Se cogió la cabeza con las dos manos, dio un grito, soltó una sola palabra que rebotó por todas las paredes y se escapó, hiriendo todos los silencios del edificio:

—¡Socorro!

Unos sobresaltados compañeros que acudieron encontraron a Nicasio exánime, en el suelo. Los timbres de alarma vulneraron brutalmente los aires solemnes del Templo de la Paz. Ya venían más guardianes; también el personal de secretaría, algunos visitantes curiosos; y, al cabo, el mismo secretario con sus espejuelos en la mano y aire pronto y expeditivo, su primera atención fue para el cuerpo caído; pero cuando ya lo estaban alzando, lo dejaron caer: algo más asombroso que un hombre privado tiraba de la vista. Aquella vitrina, aquel objeto de inexplicable presencia en la sala, de traza tan extraña, les paralizó de sorpresa y pavor. Allí en medio estaba, donde nada hubiera una hora antes, con su vitrina, flamante, asentada en su plataforma, tan natural y en su casa como cualquiera de tantas cosas expuestas en la sala hacía años y años. Lo que se les pasó por las cabezas a algunos de los presentes es que la instalación del extraño objeto debía haber costado días de labor, ruido, idas y venidas de operarios, inspecciones de directores; y, sin embargo, allí se aparecía sin que nadie hubiese visto ni oído nada. Por el momento ni se preguntaban cómo había sido posible este imposible; aún no habían salido del círculo del asombro. Rodeaban la bomba, la convertían en fatal centro de miradas, en imán de ojos desorbitados, de gestos de susto. Una mecanógrafa sufrió ataque de risa histérica y hubo que llevársela, convulsa. Alguien apuntó a la cartela colocada, según costumbre, dentro de la vitrina, del tamaño corriente, con el marco usual. Una diferencia, tan sólo, con las otras: estaba en blanco, vacía. Último espanto. Y como el que provocan ciertos menudos detalles, mayor que todos: porque la desnuda blancura de la cartulina era imagen de la vacuidad que a todos les sobrevino en el ánimo; a todos se les quedó el alma pálida y sin nada, ya hueca, ya dispuesta a que vinieran a ocupársela quién sabe qué tremendas sorpresas,

Al pasmo sucedió el desconcierto; al silencio algarabía barullo. El secretario, recobrado antes, por estricta conciencia profesional, puso en marcha orden tras orden: que se cerraran todas las puertas; que no se permitiera a nadie salir del edificio ni comunicar por teléfono con el exterior; que se juntara a todos los ajenos al personal de la casa en una sala, bajo custodia; que cada empleado libre volviera a su puesto; que dos guardianes permanecieran en la Rotonda de la Paz, a la vista de la nueva bomba. Ah —eso se le ocurrió a última hora, al caerle la mirada sobre el bulto de Nicasio, inmóvil, por tierra—, que se le trasladara a la portería, requiriendo, si no volvía en sí, ayuda de médico. Antes de que el grupo se deshiciera conminó a todos:

—¡Y ni una palabra a nadie! Están ustedes obligados a secreto absoluto sobre lo que han visto y oído. Es medida de seguridad nacional.

Total, lo que habían visto no era gran cosa, mirado a la luz de serena razón. Una vitrina más, con una bomba más, dentro. Si la cabeza humana no padeciese, de siglos, su fatal propensión a preguntarse por el origen y el porqué de las cosas, si las aceptara con la sana naturalidad del animal que ve crecer la calabaza en el suelo sin inquirir quién la plantó, ni qué tiene dentro, acreditándole pleno derecho a ocupar su lugar en el espacio, se habría evitado mucha congoja. En este caso, póngase por ejemplo, a los dos o tres días la vitrina hubiese estado ya encajada en su ambiente, la bomba sería un número más en el catálogo, y a ningún visitante le sorprendería su presencia. Entiéndese bien el deseo de saber cuáles son los padres de una criatura que viene al mundo, para que pueda andar por ahí con sus legítimos apellidos y limpio abolengo. Pero ¿a qué esos apuros por averiguar quién era el progenitor de aquel raro artefacto, en qué desconocidas entrañas se había engendrado la bomba expósita? Pero, ¿cómo va el hombre a renunciar a serlo, a no ser animal curioso, curioso impertinente, que se mete dónde debe y donde no, goloso irremediable, ya de antiguo, de las peores manzanas, trasquilador de vellocinos de oro, cultivador obstinado del árbol de los frutos ácidos y las ponzoñas mortales? ¡Imposible! El secretario se apresuró hacia su despacho. La mecanógrafa de la carcajada histérica ya estaba tan compuesta, esperando, con su otra colega, las órdenes de la superioridad. La superioridad, en este caso el secretario, no tenía idea muy clara de lo que había que hacer, fuera de acudir en demanda de aclaración a otra superioridad, es decir, al jefe superior inmediato. Se sentó a su mesa y echó mano del gobernalle con que se guían casi todos los asuntos del mundo: la empuñadura del teléfono.

—Luisa, póngame con el director, en seguida.

Esperó gravemente, ya más tranquilo; el micrófono, allí a la altura de los labios, le serviría para descargar su peso y desahogar su corazón en el jefe; por el auricular, ya junto a la oreja, le llegarían la superior sabiduría, el consejo, la serenidad, o dicho sea en lenguaje administrativo: instrucciones. La telefonista oyó una voz de niña que tomaba el recado:

—Sí, voy a decírselo... Un momento.

Estaba el director en casa, apoltronado en su butaca preferida, absorto sobre un texto, con un diccionario a la mano, en pleno uso de su facultad imaginativa. Le faltaba una palabra de cinco letras, tres consonantes y dos vocales, para solventar un crucigrama, y no daba con ella. Debe ahora hacerse constar una peculiar costumbre del doctor Viudes. No dejaba él de sentir cierto escrúpulo por ser tan dado a un pasatiempo de tanta inocencia intelectual. Y para elevarlo en dificultad jamás leía la descripción que al pie del cuadro se da a los lectores para ayudarles a descubrir el vocablo. De haberlo hecho se hubiese encontrado con lo siguiente. "Cuerda con que juegan los niños a saltar". Se allegó al teléfono, escuchó la breve frase en que resumió el secretario el hallazgo increíble.

—¿Cómo? Bomba, ¿bomba, dice usted? Claro, eso era. ¡Yo que no caía...!

El director, aún encerrado en su grave preocupación anterior se hablaba a sí mismo, aludía a la maldita palabra que había andado persiguiendo diez minutos antes, solución del problema de aquel día y que el teléfono le trajo tan a punto. ¡Bomba! Pero en el acto se sintió arrancado de su pacífica realidad casera, por a otra rara realidad, tan difícil de creer que fuera real, que le comunicaba el secretario, y añadió, breve y resuelto:

—Voy para allá, en seguida, en seguida.

Medio estupefacto, medio admirado, dejaron

al secretario las palabras primeras que oyó al director: "Claro, eso era..". Luego el director sabía algo, se barruntaba algo, lo esperaba...

Los dos guardianes se mantuvieron, al principio, cada uno en una puerta, equidistantes de la vitrina novicia. Ahora todo era silencio. Se miraron, como por común impulso, y el más viejo hizo seña al otro. Cuando se le juntó le dijo, sin alzar la voz:

—Yo creo que no se nos ha prohibido que nos acerquemos, ¿verdad?

Se aproximaron a la vitrina, le dieron la vuelta, sin tocarla. Luego, ya confiados, palparon. Todo, todo, según los modelos del severo estilo, madera de caoba, cristal irrompible, cerradura en el marco del paño central.

—¿Y la llave? ¿Quién tendrá la llave? —dijo uno.

—Oye, ¿tú no sientes nada?

Arrimaron el oído al cristal, escuchando un momento. Sí, algo se sentía. Imposible de discernir la clase de sonido; si acaso, aparente a un tic tac, pero sin dejo metálico, a un bote y rebote, regular y monótono, causado por cuerpo tan leve que sólo producía el ruido necesario para dar seña de su existencia; sospecha, aprensión de ruido, que no proporcionaba indicio alguno de su causa, que alarmaba como debe alarmar el primer, apenas perceptible, rechino de una carcoma aplicada a roer una viga maestra, a una casa entera, de los cimientos a la techumbre, temerosa de que ese ruidecillo sea el comienzo de su ruina.

—¿Hay que dar cuenta, no te parece?

—Ya lo habrán notado...

—Por si acaso... Te quedas aquí. Yo iré al secretario.

Más o menos sumido, estaba presente en el ánimo de los dos la idea de esas bombas con aparato de relojería, máquinas infernales que dejan oír su marcha a pasos menudos —uno, dos, uno, dos— hacia su obra destructora.

El secretario hacía tiempo, aguardando al jefe. Hasta que él llegara no quería tomar ninguna iniciativa. Revolvía en su cabeza las palabras que le había oído. "Claro, eso era..". ¡De modo que el director traería la solución! No tenía por qué arriesgarse él por la selva de sombras y conjeturas que ya se le había crecido dentro, y en cuyo borde se quedaba. La noticia del guardián le removió.

—¿Pero a qué suena, a qué?

—Yo no sé decirle, señor... ni siquiera estoy seguro de que suene... A mí me parece...

—¡Te parece, te parece...! Estáis todos sugestionados. Calma es lo que hace falta. Todo se explicará.

—Si el señor quiere probar... Lo hemos oído el compañero y yo, los dos...

No quiso dar muestras de miedo. Se levantó de su asiento. Al pasar por el antedespacho la mecanógrafa, que lo había escuchado todo, le dijo, tímidamente:

—¿Me permite usted a mí, también...? Yo tengo muy buen oir...

Salieron los tres hacia la rotonda. Por eso, cuando llegó el director y fue encaminado derechamente al lugar de hallazgo, se encontró con un espectáculo insólito: cuatro mejillas pegadas a los cuatro cristales laterales de la vitrina, cuatro caras angustiadas, ansiosas, con las miradas en el vacío, como si vieran lo que oían y les amedrentara.

—¿Qué hacen ustedes? —dijo el doctor Viudes, que antes que la vitrina misma vio a los cuatro auscultantes. Los cuatro se apartaron de su escucha, desconcertados.

—¡Perdone!, estábamos... —dijo el secretario.

Ahora ya quedaba al descubierto la vitrina, tan natural, tan en su sitio, como llenando un hueco que la necesitaba. El doctor Viudes la miró frente a frente; mirada primera con la que se mide al enemigo, se calculan en un segundo sus fuerzas, se presiente el éxito de la lucha.

—No, no es nuestra... Esto no es de aquí.

Y pronunció la palabra terrible, sola, ominosa, cargada de enigma y agüero:

—¿Quién...?

Nadie contestó: en todos se repetía, con la misma bría resonancia. Se despidió a los subalternos Y los dos jefes se acercaron, empezaron la inspección. Sí, bomba parecía, pero ni su materia era reconocible, ni su forma usual. ¿No lo parecería por el simple hecho de estar allí, entre las otras? ¿No podría ser misterioso objeto, de imposible calificación, que por automatismo mental alguien había llamado otra bomba? Fuere lo que fuese allí estaba, burlándose, y dignamente albergada en su vitrina del museo, extranjera, y ya dueña de todas las atenciones y temores.

—Sí, sí, algo parece que se oye... Y se nota, quizá sea la luz, no sé, como cierto moverse interior, como un pálpito...

Cambió de tono, repentinamente:

—Esto es una broma. Y de las pesadas... Bueno, vamos a enterarnos... ¿La descubrió, dice usted, Nicasio Entrambasaguas? Que se presente en mi despacho...

—No sé si habrá vuelto de su desmayo, doctor. Voy a ver.

Pasaron al despacho de la dirección. El secretario se fue en busca del guardián. Volvió al instante, con la cara demudada, balbuceando:

—Doctor, no puede venir ahora... Vamos, no podrá venir. Acaba de llegar el médico. Está muerto.

Fue la primera víctima.

III
EL MISTERIO, LA CIENCIA Y LA P. I. A.

—¡Qué contrariedad! ¡Es un fastidio! —dijo el jefe de la P. I. A. (Policía interior de Averiguaciones).

La contrariedad y el fastidio lo era —claro— el tránsito de Nicasio Entrambasaguas, aquella vida de menos. Ya una hueste de agentes de policía iba y venía, examinaba puertas y ventanas, escrutaba el piso, persiguiendo huellas y señales. Ya el jefe, el general Mastranzo, flanqueado por el doctor Viudes y el secretario, hacía comparecer a guardianes, público, interrogaba sin cesar. Nadie que diera la menor luz. Cuando a las tres horas se acabaron las declaraciones el actuario no tenía apuntado un solo dato aclaratorio. Aún se les retuvo a todos, por razón de secreto. El general se rascaba la barbilla:

—¡Pero ese hombre, ese hombre...! —repetía en tono de reproche.

El hombre en cuestión era Nicasio Entrambasaguas que al parecer había faltado imperdonablemente a su deber, muriéndose antes de prestar declaración.

—¡Él estaba a cargo de la sala, él debía saber mejor que nadie si...!

Nicasio desaparecía del mundo de los vivos con la gloriosa cauda de llevarse consigo magno secreto y del misterio.

—El caso más raro que he visto... El más raro. En treinta años... Hay que dar cuenta a la superioridad

Ese ente misterioso, la superioridad, volvía a escena, ya no representado en el director, como lo estaba para el secretario, ni en el jefe de la Policía, como lo era para el director, sino una tercera, probablemente no la última, instancia. Empezaba la caza de la superioridad, corona de todo orden administrativo que se precie de serio. Y así la noticia fue corriéndose, ascendiendo, de superior en superior, cada vez más hacia lo alto. Tan rápida carrera hizo, que aquella noche a las nueve, en el despacho del Presidente del Consejo, en torno suyo, estaban el Ministro del Interior, el Ministro de Defensa, el general Mastranzo, el doctor Viudes y el secretario, todas las superioridades disponibles. Sólo se había dejado en paz a la suprema, el jefe del Estado, ya informado telefónicamente del hallazgo. Se habló tendido. Quién, con el tono un tanto irónico del escéptico, que no se la deja dar con misterios; quién, con el grave y precautorio del que teme peligros por los cuatro cuadros del cuadrante. La ciudad vio lo que no viera nunca. La Acrópolis acordonada por la policía; una fila de automóviles que, a las once de la noche, acometía ligerísima la pendiente de la colina, por la Avenida del Progreso. Las superioridades estimaban necesaria una inspección ocular. Que fue también audición, por supuesto, del ruido inexplicable.

Seguían retenidos en el Templo, bajo custodia, todos los guardianes, empleados y visitantes. En muchas casas había caras preocupadas, hasta mejillas llorosas, porque no regresaban los familiares. Las llamadas telefónicas quedaban sin respuesta, cortadas las comunicaciones por orden gubernativa.

Algunos deudos de los empleados fueron en su busca hasta la Acrópolis. Allí se topaban con la barrera de policías, y aun se les crecía el desasosiego. Algo pasaba; y un algo grave. Empezaba a levantarse como se va alzando la niebla rastrera, al anochecido, susurro de los rumores. No se sabe que aire lo empujó hasta las tertulias de los cafés; y como hacía templado, algunas se alzaban de su sede, se iban paseando hasta los alrededores de la Acrópolis, a ver si era verdad, eso. Y por fin llegó el rumoreo a la central donde se transforma en clamor: a las redacciones de los periódicos.

Estaban de vuelta en la Presidencia las superioridades. Ya se habían apagado las sonrisas irónicas, desechado todos los supuestos de broma. Sí, aquello no era más que un bulto, de cariz, a lo sumo, equívoco, pero sin nada terrorífico ni sugeridor de amenaza tremenda, para quien lo mirara con ojos limpios de toda prevención. Pero el terror estaba en todas las conciencias. El haberse aparecido allí, en el lugar mismo donde se exhibían potentísimos medios de destrucción, y en su centro, como si indicara que era señor de todos, par entre los pares de la muerte, lo revestía con aura de inexplicable presagio. Todos sabían que en espacio no mayor estaban, podían estar, encerradas fuerzas de mortandad y asolamiento incalculables. Y lo más pavoroso era el ruidito: apuntaba a hacer creer que vivía aquel poder oculto; que adelantaba, segundo a segundo, al cumplimiento de su fuerza, que la secuencia de tanto tic tac, en fila uno tras otro, trazaba una inflexible línea recta, derecha, hacia un destino inevitable.

Se resolvió demandar a toda prisa el auxilio

de los técnicos. Fueron despachados a las casas de los hombres de ciencia más expertos en tal materia automóviles para traerles en el acto a concilio. Se abrió un paréntesis en las disimuladas angustias. Los técnicos estarían allí muy pronto.

El ministro de Interior, para no alarmar más de la cuenta, ordenó que cesaran las medidas de precaución y se diese suelta a los retenidos, previa promesa solemne de silencio.

El Presidente se retiró unos momentos. Trajéronse reparos y refrigerios, que confortaron los ánimos. Se renovaron los cigarros en las cajas. En el reló del Parlamento dieron, limpias, redondas, las tres de la madrugada.

IV
EL TRIUNFO DE UN PERIODISTA

A las tres menos cuarto soltaron a los empleados. Paquita Rendueles, la mecanógrafa de Secretaría, bajó despacio la cuesta de la Acrópolis. Ella sola. Era orden de la autoridad. Nada de salir en grupos, propensos al comentario. A las tres menos cuarto Manolo Rivera, el reportero de sucesos de *El Noticiero* —acudía el primero a la Acrópolis al husmeo de novedades—, empezó a discutir con el teniente de la guardia, solicitando paso o noticia. Cinco minutos les llevó el debate. Manolo se dio por vencido. Y entonces, cuando ya se marchaba, vio descender a Paquita. Rayo, bendición, de la suerte. Era lo bastante lince para no acercarse a ella delante de la policía; la fue siguiendo hasta hallarse fuera de su vista. La moza iba tan absorta que no sentía sus pasos, detrás... Caminaba por debajo de los tilos, y la sombra de los árboles y las luces de las farolas jugaban al escondite sobre su figura, volviendo mujer en sombra, sombra en mujer. Manolo chistó, luego pronunció su nombre muy bajo: "¡Paquita!" Le dio cara, puro susto toda ella.

—¿Te parece bonito? ¿Mi novia sola, a estas horas, por la calle?

Ella, Paquita, tranquilizada al reconocerle, se le apoyó el brazo, dejándose caer con todos los pesos que llevaba encima, en aquel apoyo. Siguió el silencio, dos minutos. Andando así, del brazo, Manolo sentía venirle de ella no calidez de carne tibia sino olor de éxito. Uno de esos triunfos periodísticos que hacen época; le apretaba el molledo, cual si así fuera a exprimir, por el brazo, el zumo de la noticia ansiada. Fue a hablar, pero ella le atajó:

—Calla, calla, no me preguntes nada. Estoy medio muerta. Es increíble.

Manolo no repuso. Anduvieron un trecho más. Entonces se alzó, allí a doscientos metros, luz de tentación, faro de la caída. La luz era eléctrica, de un letrero que a dos colores escribía en el aire de la noche: La cotorra alegre.

—Chiquilla, lo que tú necesitas es beber algo, distraerte, calmarte.

No supo resistir. Entró, la entró Manolo, en el cabaret. En la sala vagamente iluminada las parejas volteaban. La orquesta les empujaba, lánguidamente, muy despacio. Paquita no podía creerlo: otro mundo. Rendida en la silla bebía lo que le pusieron delante, algo dorado y chispeante, neo—champaña.

—¿Pero y en casa...? Me están esperando...

—¡Qué más da, por una hora! Te llevo luego en taxi. Bailaremos un poco.

Y bailaron. Pegadas las caras, boca y oídos a distancia de confesionario, parecían pareja dada entera a la confidencia sentimental, felices amantes. En verdad Paquita se desahogaba de las angustias de aquel día y a Manolo le galopaba el corazón al oír, de baile en baile, las noticias asombrosas que todos buscaban afanándose y que recibía él estrechando un pecho de mujer. Dos horas más tarde tomaron un taxi. Antes de bajar, parados en la puerta de Paquita, Manolo la abrazó con todas las fuerzas de su entusiasmo. Ella lo equivocaba por enardecida pasión de amor, devolvía el abrazo, los besos.

—¡Ay, qué peso se me ha quitado de encima...! No podía con tanto encerrado en mi cabeza... Loca me hubiera vuelto....

—Chica, eres un tesoro. Tú no sabes lo que vales...

—Pero Manolo —amonestó ella, seria—, cuidado. Sería mi ruina...

—Cállate, tonta, calla. ¡Como si yo no supiera...!

Aún no se andaba ella por el primer tramo de la es calera cuando Manolo ordenó al chofer:

—¡Al Noticiero! ¡Y de prisa, eh! ¡Arrea!

Se arrellanó en un rincón del taxi. Apretaba bien en su memoria cada palabra de Paquita; le salieron a ella a borbotones, incoherentes. Manolo las iba concertando y en su cerebro ya cobraba albor de forma el artículo, la gran información que la suerte le había puesto en la mano. Aquellas gentes, dormidas detrás de las fachadas sin luces, no sabían que al despertar a otro día, apenas comenzaran a recorrerlo por sus primeras horas, estupenda noticia les estremecería, con la sobrecogedora autoridad de lo que parece fantasía novelada y es hecho verdadero, que pasó entre ellos, que está pasando, que no se sabe dónde acaba. Gran poder aquel de que se sentía dueño Manolo Rivera, sacudir a tres millones de personas, quebrar su acostumbrada rutina, alborotar la mansedumbre de su existencia, haciendo de ellos espectadores, coro de una latente tragedia.

Invención como ninguna la de la prensa diaria, tipo sin igual el del periodista, se iba pensando. Doscientos años atrás casi nadie se enteraba de ocurrencias cercanas a todos y en que a todos se les iba tanto. Vivían las gentes aborregadas, en *mansueta* paz y arrulladora ignorancia: su mundo, poco más que el que alcanzaban con la vista y el oído; sus ambiciones y afectos, confinados en un redil de seres familiares o conocidos, modesto aspirar a sencillas posesiones. El periodista, gran papel, había venido a agitarles, sacándoles de sus casillas: les precipitaba en el torbellino del mundo, conmovía sus corazones moviéndolos a compasión por un asesinato su cedido a tres mil kilómetros de allí; les hacía casi presentes, al leer su relato, a la boda opulenta de dos desconocidos, con quienes nada tenían que ver; calmaba sus impaciencias dando noticias cuidadosas de a cuánto subió la fiebre, aquella noche, del gran jugador de fútbol, enfermo de trancazo. En la velocidad imaginativa que le producía la inminencia de su éxito, se le presentó una apropiada imagen: antes, las gentes, separadas unas de otras, en capas sociales, en reductos geográficos infranqueables, vivían cual varios líquidos de diversa densidad, sin conocerse ni mezclarse; pero el diario, operando como batidor o molinillo eléctrico, apenas se enchufa en la vista y atención del lector, acaba con esas pasividades y diferencias, impulsa tal agitación en la masa de los hombres que allá van, arrevueltos, zarandeados en el mismo meneo, ricos y pobres, senectos y adolescentes, todos unos, en la final confusión, hermosa unidad, donde nadie se distingue y todos se emburujan. Poder tan insigne de arrebañar en emoción nadie lo detenta de oficio: hoy se lo gana uno, por ejercicio de su agudeza, mañana le toca a otro, por designio de azar. Ese mañana le había llegado a él, danzando con Paquita; se lo había traído la suerte a la mano y a él le incumbía poner en marcha, apretando teclas y teclas de su máquina de escribir, las convulsiones de sorpresa y sobresalto que darían a tres millones de individuos la magnífica unidad de una enorme masa humana latiendo en el mismo espanto.

Cuando cinco minutos más tarde, anunciada al director la magna nueva, trasmitidas órdenes para confeccionar la edición extraordinaria, se vio ante la máquina, se acordó, y cosa muy rara, más que con su memoria con su brazo, del cuerpo de Paquita que había tenido ceñido, bailando; de su persona, de su amor. Pero su carrera era su carrera. El deber profesional es obligación moral que no cede a ninguna. Y luego, los beneficios, el salto a la cabeza del personal, las cien mil pesetas de paga extra, la fama, todo eso, ¿no redundaría en beneficio de ella, también, cuando se casaran? Empezaron las letras a sonar, tac, tac, secamente contra el papel, a llenarlo de propósitos. ¿Sería así, le cruzó por la imaginación, el ruidito misterioso de la bomba? Pero no: así se entraba por la vía triunfal. El repiqueteo mecánico era paso seguro, taconeo enérgico del hombre audaz y emprendedor, poseído de su fuerza, derecho al éxito.

La historia salía como una seda; estaba inspirado. Coincidencia delicada, que fuese su novia misma la que le había dado la estofa del triunfo. Las hojas iban pasando al director, en cuanto se llenaban: ya antes de llegar a la mitad se le expandió la sonrisa, encendió un luengo habano.

—¡Les aplastamos, les hacemos migas...!

Entiéndase que aludía a los otros colegas, a los demás periódicos, que serían los desmigajados;

no a bomba alguna, sino a la información que Manolo fabricaba, galopante, para que estallara a las pocas horas, cumpliendo la obra de desmenuzamiento de los diarios rivales.

No había que pensar en oficina, aquella mañana. Paquita, arropada en la cama, sentía con delicia pasar las ocho, las nueve, las diez, otras tantas enemigas que no se fijaban en ella y la dejaban en paz, olvidada. A las diez y media su madre entró, sin meter ruido. Llevaba una bandeja, el chocolate, los bollos, la leche.

—Descansa, hija, descansa. Te traigo el desayuno.

Paquita se desperezaba, iba incorporándose, entre recuerdos de la pesadilla del día anterior, del baile de la noche, medio herida y medio acariciada.

—Pero chica, es tremendo lo que pasa. Te traigo el periódico. Lo cuenta todo, todo...

Paquita despertó, de golpe, brutalmente.

—¿Todo qué? A ver, dame...

—Ahí te lo dejo... Pero desayuna antes...

Desayunar sí se desayunó; pero fue con cargado zumo de amargura. Todo, todo en efecto, como ella se lo contara, ce por be; pero arreglado de otra manera, con abultamientos, claroscuros, insinuaciones que no diciendo nada preciso estremecían de probabilidades.

Paquita se quedó sentada, tiesa en la cama. Clavó la vista en el balcón. Y de pronto echó mano al cajoncito de la mesa de noche, buscó entre cajas y chirimbolos un frasco. Estaba lleno de pastillas y se las volcó todas en la mano. Las iba tomando con los labios, como la yerbecilla que se le ofrece a un animalito, en la palma; se ayudaba a tragarlas con sorbos de agua. No se daba prisa. Puso el frasco en su sitio y volvió a acostarse tapada hasta los ojos; volvió a dormir cada vez más fuerte, más fuerte, a dormir muy fuerte, sin parar; con tanta voluntad de no volver de su sueño que en él se quedó.

A poco llamaron al teléfono. La madre contestó. Era Manolo. ¿Qué, había visto Paquita el periódico? ¿No estaba enfadada? Él iría a recogerla aquella tarde para cenar juntos; se imponía celebrar el éxito. Cuando su madre respondió que estaba aún en la cama y valía más no molestarla, Manolo asintió:

—Sí, sí, más vale que duerma, eso es lo que necesita, un buen sueño.

Ninguno mejor que el que se había buscado la inocente, el sueño de los justos. Por él se fue la segunda víctima.

V
PELIGROS DEL PASATIEMPO

No corre el fuego por complicada construcción pirotécnica, no circula el agua por las acequias, canalillos y saltadores de un jardín morisco, no se precipita por los caminos de la sangre el sentimiento del súpito gozo, con la ligereza de aquel notición en transitar por todas las calles y plazuelas de la ciudad, en colarse por todas las puertas, tomar todos los ascensores, hasta el piso más alto, asaltar las más celadas reclusiones, sumirse hasta las cuadrillas de obreros trabajadores del subsuelo, alzarse a habladuría de viajeros de avión.

No se dio un grito; los vendedores del diario ostentaban en pecho y espalda los cartelones con letras enormes, y sólo con ir y venir se enseñoreaban de todos los ojos, de todos los ánimos. Cada vendedor era un centro de irradiación; de él partían ondas y ondas, que se ensanchaban en extensión y dominio, hasta que iban a toparse con las provenientes de otros vendedores; y así, sumándose, ocupaban la ciudad entera, la sumergían en oleadas superpuestas de emociones y estremecían todas las firmezas.

Una palabra se convirtió en el tema de la enorme, caótica sinfonía ciudadana. Estallaba ella sola, como un clarín, se desleía en melodías quejumbrosas en los espíritus, servía de letra a coros inconscientes. Breve, monosilábica, aguda: *¿Quién?* ¿Quién había fabricado el artefacto? ¿Quién lo había depositado en donde apareció? ¿Quién era la voluntad misteriosa que así sacudía a tres millones de gentes? Un ser incógnito, un poder envuelto en sombras, el autor de aquella gran tramoya, se ofrecía como maniquí a quien quisiera; sobre su neutra figura las imaginaciones podían poner las vestiduras más extravagantes, las suposiciones más abigarradas. Pero detrás del muñeco de las conjeturas el verdadero ser se resistía a la identificación y su simulacro de pasta rechazaba hasta las más agudas tentativas de penetrarle.

Luego el segundo monosílabo vino, como segundo tema, a añadirse al primero, a complicar la sinfonía, entrelazándose con el otro, subiendo de punto su tremendo efecto: ¿*Qué*? Pronto se dividieron las gentes, conforme a sus inclinaciones psicológicas. Los apasionados, los dramáticos que hallan la clave de todo en un personaje, movedor con su designio y sus actos de la tragedia, se aferraban al *quién*. Los intelectuales y reflexivos, que buscan las motivaciones de las cosas en las potencias despersonalizadas, se volvían hacia el *qué*. ¿Qué tendría dentro la bomba?; o, antes, ¿qué sería aquel raro objeto, qué propósito se perseguía con dejarlo allí, plantado como monstruosa semilla cuyos frutos era imposible de prever, aunque se les presentía como horripilantes?

En las altas esferas la misma división señaló sus caminos al trabajo: la policía tomó a su cargo el *quién*, se arrojó sobre su sombra, en busca de su cuerpo. A los técnicos les correspondía el *qué*, el estudio del artilugio, el dictamen sobre su misterioso interior. Labor, a primera vista, más sencilla, ya que el objeto de la búsqueda estaba allí, bien vigilado por cuatro policías para que no se marchase por tan misterioso modo como había venido. Pero, al *quién*, ¿cómo se le podía echar la vista encima?

La policía, lidiadora tenaz con los más inferiores extremos de lo natural, las pasiones y miserias humanas, se topaba con algo que parecía perteneciente al otro reino, al de lo sobrenatural, donde nadie ha podido tomar huellas digitales ni poner esposas a fantasmas. Porque sólo sobrenaturalmente podría explicarse el acontecimiento y el primer deber de toda policía es eliminar del horizonte pesquisitorio lo sobrenatural.

Mientras los hombres de ciencia se afanaban en la Rotonda y preparaban su avance de informe, el general Mastranzo impulsaba, desde su despacho, centenares de actividades: repaso de ficheros, radiogramas a las cuatro partes del mundo, interrogatorios a docenas de personas. Entre tanto barullo le anunciaron la visita secreta y urgente, a decir del visitante, del secretario del Museo. Lo recibió en el acto y un tanto extrañado porque no hacía dos horas que se habían separado. Lo que tenía que decirle era tan sorprendente, tan imprevisto, como todo lo relacionado con el suceso. ¿De modo que el director del museo, el sabio famoso, ciudadano sin tacha, había pronunciado cuando oyó la noticia aquellas palabras inexplicables: "Claro, eso es. ¡Y yo que no caía...!" Disparatada parecía la sospecha, insensata toda presunción de previo conocimiento del caso por parte del director. Pero la policía no admite el imposible; vive, medra, se recrea, en un mundo de absolutas posibilidades. Su medio es asemejable al del espectáculo del mago profesional, donde no hay cosa segura y un cigarrillo sale de una solapa del frac, y un sombrero vacío —a lo que se ve— descubre en su fondo siete crías de lepóridos.

—Comprendo, comprendo, mi buen amigo, todas las reservas con que usted me trae esta confidencia —dijo al secretario—. Pero cumple usted su obligación de ciudadano, que debe sobreponerse a cualquier consideración de amistad... Vaya, vaya. Delicado es el caso... Lo tomaré por mi cuenta.

Pidió el coche; iría en el acto. Menester era disipar cuanto antes semejante equívoco. ¡No faltaría más!. Si hombre como el doctor Viudes se hacía sospechoso, ¿de quién se podría confiar? ¿De este chófer que ahora le guiaba por los laberintos de automóviles del centro de la ciudad? Este chófer... Insensata difidencia... Tan trastornado andaba todo en el mundo, desde hacía unas horas, que la cabeza del general se permitió una increíble voltereta. ¡Quién sabe! Su mismo chófer podía ser un agente enemigo, un... En cuanto regresara a la jefatura pediría su expediente; por pura precaución, claro.

El doctor Viudes, gran autoridad en estudios sobre la evolución de la paz, disciplina que corría antes bajo el título de historia de la guerra, con especialización en lo referente a pirobalística, leía. Sentado en su butaca, con el pensamiento divagándole, para distraerse, echó mano a un libro, el más cercano, lectura al presente de su hija: *Alicia en el país de la tecnocracia*, versión modernizada de un estúpido librejo con que antes se extraviaba a la infancia. Le gustaba, le gustaba. Era educativo.

Oyó el timbre de la puerta y en seguida un paso fuerte y la voz de la sirvienta que anunciaba al general. Se entró en materia, sin demoras ni melindres.

—Yo no soy más que un militar. Nada de circunloquios, le debo a usted la verdad. Desde luego sé que me va usted a dar una explicación ampliamente satisfactoria. Pero querría...

El director no entendía nada. ¿Que él parecía estar enterado, o prevenido, de lo que iba a suceder, de la aparición del objeto? ¡Pero de dónde había salido semejante especie? El general le repitió las palabras fatídicas sin alzar la mirada de su interlocutor.

—¿Que yo dije semejante absurdo? ¿Yo, yo? Imposible. Piense usted lo que guste, mi general, pero la cosa pasa de la raya... Sospechar que puedo... Yo no he dicho semejantes palabras, no puedo haberlas dicho, ¿Cómo podía decirlas...?

Y al pensar airadamente en aquellas supuestas palabras le trabucaba estas. Se le subió la indignación a lo sumo.

—Mi general, yo también soy un hombre de honor, yo... no puedo tolerar...

Por allí no se iba a ningún lado; el general, estratego por partida doble, frente a los ejércitos regulares y ante las huestes del crimen, se despidió, apenas le viera más calmado.

—Mi amigo, mi amigo, no lo tome así, se lo ruego. Vaya, le dejo; tengo mucho que hacer.

Y volviéndose desde la puerta:

—Si por casualidad usted recuerda... vamos... si puedo decir algo así... no deje de comunicármelo, por favor.

El doctor Viudes volvió al sillón, se hundió entre sus brazos y se cogió la cabeza con las manos. Al lado del libro abierto, por donde cortara la lectura:

«Alicia descendió en la plataforma móvil hasta ciento veinte metros bajo tierra. Y tocando un botón eléctrico vio abrirse sola una amplia puerta; daba entrada a amplísima sala, repleta de instrumentos cristalinos y metálicos, todos brillantes y hermosos a la vista. Unas cuantas lindas mujeres, vestidas de blanco, trajinaban.

—¿Qué es esto, qué hacéis? —preguntó Alicia.

—"Genética, genética"».

El general al entrar en su coche midió con la mirada a su chófer, como si no le hubiera visto nunca; toda su figura emanaba como una honradez de la mejor, de la del surtido. ¿Por qué se le ocurriría la sospecha de antes? De todos modos, para matarla, convendría echar una ojeada al expediente. Pero su pensamiento se enfocó en seguida en el nuevo episodio: la conversación nada había aclarado; al contrario, engendraba más duda. Era el general ducho en la argucia de los delincuentes para desviar de sus personas la sospecha: lo más a mano era arrojarla sobre otro, capciosamente. Visto así el asunto se involucraba y en lugar de un sospechoso había dos. Porque el secretario, que decía haber oído semejantes frases, ¿no podía inventarlas, forjar todo el incidente? La negativa tan rotunda del doctor Viudes, su reputación sin tacha, eran de mucho peso. Y si la nueva conjetura salía cierta, otra vez surgía el dilema cornuto: o la maligna invención del secretario podía servir de ocultación de su propio papel en el asunto, o ser puramente gratuita, venganza, por Dios sabe qué rencores que existieran entre ellos. El general era psicólogo.

¡Suelen los sabios tenerse tantos recelos y envidiejas! Menester sería llamar al caballerito secretario e interrogarle con segunda.

No hizo falta. En su despacho se encontró con un aviso telefónico, recién llegado, del doctor Viudes. Quería verle en seguida, salía inmediatamente para la jefatura. Y era que a poco de estar cavilando en aquel absurdo el doctor, ya en recobro de sus hábitos metodológicos, se puso a reconstruir en su memoria la escena del telefonazo del secretario. ¿Qué estaba él haciendo a aquella hora? Liado con el problema de palabras cruzadas del diario de la mañana, buscando la única que le faltaba. Cinco letras. Se apoyó en los brazos del sillón, medio incorporado, radiante, porque había visto la verdad. Cuando el secretario pronunció la palabra bomba, él, automáticamente, la refirió a lo que estaba pensando, no a lo que el otro decía. Y por eso sus frases, aparentemente enigmáticas, ahora casaban a la perfección con la circunstancia. No se lo decía al secretario, se lo decía a él, hablaba solo. "Eso es, y yo que no caía". Y, de nuevo, idénticos vocablos sirvieron para sacarle de este problema, bastante más poderoso que el de la página de recreo del periódico. "¡Eso es, y yo que no caía!" Telefoneó a la jefatura, salió como una exhalación y al cuarto de hora estaba de nuevo ante el general. Se confesó sin rubor; ya sabía su ilustre amigo cuántas fatigas agobian al hombre de ciencia y cómo conviene entreverarlas con algún sencillo pasatiempo. Él se entretenía buscando soluciones a estos problemas de palabras ajedrezadas. Y aquella que su secretario acentuó con toda la energía del pavor al comunicarle la noticia del hallazgo, dio la coincidencia de ser la mismísima que él andaba buscando. ¿No se entendía ahora que las frases de apariencia enigmática no se referían a la bomba recién hallada, sino al evasivo vocablo del problemita? Niñerías, sí, niñerías parecen, ¿no es cierto? Pero así son las cosas de la vida.

Atentísimo, sonriente, le escuchó el general; tacto, era su lema, tacto. Disimuló la incredulidad, despidió con fórmulas amables al doctor Viudes, que se marchó tan orondo, descargado de su pesadumbre. El general paseaba arriba y abajo, cogitativo. Nunca en sus treinta años de carrera se había echado a la cara cuestión tan espinosa. Verosímil, sí que lo parecía la explicación; que fuese verdad, ya era otra cosa. Por lo pronto cumplía comprobar cada detalle, hasta el más mínimo. Pidió el periódico de la víspera, buscó la sección de palabras cruzadas: sí, allí estaba: "palabra de cinco letras" como dijo el director; pero la lectura de la definición que al pie de página se daba para auxilio del curioso, aquella que el doctor jamás leía, le dejó patidifuso. "Cuerda con que juegan los niños". Se le derrumbó la incipiente credulidad. Imposible que hombre como el doctor sufriera error tan grosero. Algo raro había; requirió la presencia del jefe de la sección de criptografía y cifra y le impuso del asunto.

—A ver, mi amigo, si me envía usted un informe antes de tres horas sobre esta palabreja. ¿Cree usted que puede ser *bomba*?

—Así, de primera impresión, yo me atrevería a decir que no, mi general. Una bomba no es una cuerda para que jueguen los niños.

—¡Ciertísimo! Ya había yo pensado en eso. Estudien ustedes el caso.

Se retiró el subalterno y recobrado a su oficina hizo comparecer al más joven, al de más fama de agudeza, de sus empleados.

—Ahí tiene usted. Urgente y rigurosamente

confidencial. ¿Admite usted la hipótesis de que sea *bomba*?

El mozo, calados los espejuelos y con aire de grandes dudas, respondió:

—Según, según. Es visible la contradicción entre la posibilidad afirmativa sugerida por la composición de la palabra y los datos de la definición. Lo que despista más es lo de cuerda. Si tenemos a la vista que en otros juegos los niños emplean pelotas, que la forma de una pelota puede ser equiparada, por su esfericidad, a la de una bomba, cabría... En cuanto a cuerda... Caramba, caramba... ¿Es que no existen bombas o artefactos explosivos con su aparato relojero, al que, naturalmente, ha habido que dar cuerda? Someteré informe cuanto antes. Con su permiso.

Decididamente, se pensó el jefe de la sección de cifra, el mocito valía su peso en oro. ¡Cómo había, en un instante, apurado todas las posibilidades interpretativas! Entre tanto el descifrador se entró en su cubículo, enfocó una poderosa luz sobre el periódico y se hundió de cabeza en el problema, después de sujetarse cuidadosamente en la frente una pantallita de celuloide verde. A las dos horas el general tenía el informe, cinco hojas a máquina, en su mesa. Pesadas, contrapesadas y vueltas a pesar y contrapesar diversas consideraciones, el negociado se inclinaba a opinar que si bien no quedaba excluida totalmente la conjetura de que pudiera tratarse de bomba, la palabra en debate parecía ser: *comba*.

—¡Naturalmente...! ¡Comba, comba...! ¡Si está muy claro!

Pero nada está nunca bastante claro para un

policía celoso; y más cuando se es, como era el general, hombre de superior capacidad imaginativa. Se le ocurrió dar un nuevo paso: ¿por qué no había de corroborarse el resultado del informe mediante consulta al redactor del periódico que había compuesto el crucigrama? Después de todo él debía de saber lo que quería decir. Llamó a su secretario y le confió la misión; por mala fortuna el susodicho inventor de crucigramas no se hallaba en la redacción. Volvería, dijeron, una hora más tarde. El general no podía más. Era el tiempo de su siestecita acostumbrada; retirado en su gabinete, se tendió en el diván. Pero a mitad del sueño le acometió graciosa pesadilla. El doctor Viudes y él, en su tamaño actual, ambos, pero con indumentaria de niños de mil novecientos, traje marinero, gorras, con su cintita que rezaba: "Cardenal Francisco Jiménez de Cisneros, matriculado en Cádiz", saltaban a la comba, en furiosa competencia de velocidad y destreza; y no en algún jardín florido, sino en la propia Rotonda, frente al artefacto misterioso. "Mil tres, mil cuatro, mil cinco"... cantaba él. Se despertó al mil seis. Ya no podía dormir, se refrescó con una ducha y salió al despacho. Había noticias: el periodista regresó a la redacción antes de lo esperado. La palabra era *comba*.

¿Entonces? ¿No podía haberse equivocado el doctor Viudes? ¿Si los técnicos criptográficos de la jefatura no habían excluido la conjetura de *bomba*, por qué no iba, él también, a haber caído en el error? Sin embargo, la sospecha, que había menguado casi hasta el no ser, se hinchó de nuevo, más abultada que nunca. ¿Quién se fía de los sabios?

50

Sus cabezas, fértiles son en trampas y añagazas armadas para que caigan en ellas los sencillos hombres de milicia. El general llamó a consejo a sus dos inferiores inmediatos. Deliberación breve y decisión unánime. Por duro que pareciese había que someter al doctor a la prueba de la ciencia, al examen del *veridetectógrafo*, portentoso ingenio, a tal punto de perfección desarrollado, que averigua sin falla si un hombre miente o dice verdad, resolviendo de plano y con escrupulosa objetividad problemas de conducta moral que, antes, los cándidos psicólogos tenían por inexplicables. ¿Cómo un sabio iba a negarse al fallo de un aparato científico, que naturalmente figuraba en lugar lucido en el *Templo de la Ciencia*?

No se negó, el desgraciado. Mal trago era, pero había que pasarlo. Los ayudantes le sujetaron las muñecas y los brazos al sillón con las bandas por donde se recogían las ondas psíquicas; le encasquetaron el capacete, ceñido al cráneo, para transmitir las vibraciones cerebrales. Empezó el análisis, conforme a las preguntas rituales de la prueba. La primera era:

—¿Cuando usted era niño y robaba manzanas, las robaba con la mano derecha o la izquierda?

El doctor respondía a todo sin titubeo. En la hoja registradora la aguja se movía, marcando con bruscos rasgos los coeficientes de veracidad del interrogado. Ya iban por los tres cuartos del experimento cuando ocurrió un flaqueo en la corriente eléctrica. Algo que no funcionaba bien. Un ayudante metió un reóforo en el cuadro. Y, de pronto, de la cabeza del doctor Viudes brotó una llamarada azulenca, luciferina. Se retorció el cuerpo, se convulsionó, crispándose, se derrumbó inerte. Muerto. Electrocutado.

La prueba aclaratoria, de rigor científico, ¿no había servido, entonces, para nada? Ojalá, pensaba una hora después el general, abrumado por la nueva incidencia de este terrible negocio. Allí delante, en su mesa, tenía la hoja sometida por los técnicos: el resultado indudable, inequívoco, incontrovertible, puesto que científico —y la ciencia no duda, la ciencia no equivoca, a la ciencia no se la controvierte—, era que el doctor Viudes había mentido en el ochenta y cuatro y tres cuartos por ciento del total de las preguntas. Sin abuso de palabra, sin rebajo de su memoria, era un embustero. De suerte que algo celaban sus frases, las que él quiso explicar rebozándolas de inocente pasatiempo. Algo, o mucho, sabía. Lo mismo daba: aquel algo o aquel mucho ya se habían volado, espirado, de un cuerpo yacente en el depósito al que no se le podía sacar palabra mientras la ciencia, que ya tiene logrado casi todo, no lograse dar voz a los cadáveres. Víctima tercera; víctima de las perfidias guaje que, con deslizar una *c* donde muy bien podía haber una *b*, despoja la sociedad de un perínclito sabio y aturulla más y más el ánimo de un jefe de policía.

VI
LA CIENCIA PIDE LA BOMBA

El Presidente del Consejo abandonó Palacio mohíno y cabizcaído. El Regente, sin salirse de su exquisita cortesanía, bien claro había denotado su preocupación y su extrañeza. La indiscreción, fuese de quien fuese, era lamentable. Entiéndase que no envolvía eso reprobación o motejo para la prensa; ella tiene, en una sociedad democrática, todos los derechos, absolutamente todos, sin obligación de responder ante ningún poder celeste o terrestre; y alicortarlos, en cualquier forma, sería minar el mismo cimiento de la libertad. El toque está en que el Gobierno se halle siempre mejor informado que los informantes; y por ende se informe de la información que se avecina con debido tiempo para, sin impedir su legítimo curso, prevenir sus daños. En términos tan precisos y constitucionales se había expresado Su Alteza. El Presidente sorbía y sorbía el aire, como en averiguación olfativa de si aquellas palabras olían, en alguna manera, a dimisión. Puede que sí. Pero, ¿por qué había de ser la suya?

Del consejillo que tuvo, apenas vuelto a la Presidencia, con los mayorales administrativos, salió la nota para la prensa y la radio: "Este Ministerio se apresura a comunicar al país que la información aparecida en cierto diario de la capital, si bien no desprovista de fundamento en algunos de sus extremos, no justifica ni remotamente la emoción provocada en ciertos círculos. El Gobierno ha tomado las medidas pertinentes y el objeto en cuestión está ya trasladado a lugar seguro para examen de los técnicos y subsiguiente informe, el cual será notificado a la opinión en el momento debido". ¡Gran respiro! En cuanto a la dimisión, fue descendiendo uno por uno los escalones de la superioridad: rozó levemente con sus alas la testa del ministro de Gobernación; pasó como un vuelo a la vera del Jefe de Policía; se detuvo un momento sobre los hombros del Secretario del *Templo de la Paz*, y por fin fue a posarse donde debía: en el funcionario subalterno encargado de la guarda de la sala, o séase Nicasio Entrambasaguas. Habida cuenta de que este era cadáver y, por consiguiente, incapaz de menor dimisión, volvió sobre sus vuelos y se detuvo definitivamente en la cabeza, ya canosa, del jefe de guardianes, responsable, después de todo, de las flaquezas así profesionales como fisiológicas de sus subalternos. ¡Otro respiro! Se habían exigido responsabilidades.

Por supuesto, la bomba permanecía en el sitio donde se apareciera. Los técnicos seguían asediándola, con golpe de conjeturas y copia de aparatos, empezó entonces, sin que trascendiera ni chispa al público, la lucha entre los poderes.

El poder científico, aguijado por aquel mudo reto del objeto inescrutable, que se resistía a todas las pruebas de los aparatos registradores de ondas acústicas o luminosas y que, caso extrañísimo, no acusaba reacción alguna, deseaba ir hasta el último extremo; desmontar la bomba, si posible, hacerla estallar, si no, de modo que revelase, por las buenas o por las malas, su infusa potencia.

Soberbio alegato el que pronunció ante el Consejo de Ministros, reunido para oír a la Comisión científica investigadora, su jefe, el profesor Mendía, físico de eminencia universal. ¿No estaba la nación constituida, por primera vez en la historia, la única en el mundo, para servicio de la ciencia? ¿No corrían por doquier las iniciales E. T. C., abreviatura del *Estado Técnico Científico*, según se consignaba en el artículo primero de la ley fundamental? ¿No se declaraba que la sola religión del E. T. C. era el culto de la ciencia? ¿No eran todos los sabios y hombres de ciencia, grandes, chicos y medianos, funcionarios públicos con congruos sueldos, sobresueldos, gajes y obvenciones, de cuantía tan sólo inferior a las del Personal de Defensa, los antiguamente designados por militares? ¿No se habían suprimido de los programas de enseñanza disciplinas vetustas, seudoconocimientos desopinados cual la teología, la filosofía, la literatura, por imposibles de toda rigurosa comprobación científica? ¿No se había conseguido la última paz —lo que en la errónea terminología histórica, ya caducada, se solía llamar ganar la última guerra— merced al supremo papel de las ciencias? Ella quitara de las manos de los hombres los aventajados instrumentos de pacificación —tal era el justo nombre con que ahora corrían, sustitutivo del tendencioso de antes: armas—, con los cuales sólo se eliminaban a corto número de adversarios de la paz — así se denominaba ahora al enemigo. Y la dicha eliminación, ejecutada hasta el siglo xx, poco a poco, de muy mala manera —a bayonetazos y tiros—, gracias a la ciencia, también, se despachaba ahora en cuestión de minutos y por centenares de miles —a golpe de bombardeo aéreo—, ahorrando así, con toda evidencia, muchas vidas. Sí, lo mismo en la doctrina que en la práctica, la nación estaba advocada a la ciencia, no se podía, no se debía sustraer a su esfera este objeto; menester era ir tan lejos como la necesidad de la investigación lo demandase, con prescindencia de consideraciones secundarias.

Mucho impresionó la vibrante oración a los congregados. Cuando tomó la palabra el Presidente del Consejo, la primera fue para abundar en el férvido elogio de la Ciencia hecho por el preopinante.

—Pero permítaseme observar —añadió de seguida— que también las ciencias sociales, aunque no llegadas al punto de perfección de las físicas, y que son las que nos alumbran en la gobernación del país, pueden aportar algunos argumentos a este debate. ¿Podrá garantizarme el señor Presidente de la Comisión que, de llevarse a cabo los experimentos propuestos, los riesgos envueltos en ello no causarían trastornos públicos, no alcanzarían magnitudes catastróficas, destrucción de ciudadanos o bienes nacionales?

Se alzó el profesor Mendía con empaque y dignidad de togado romano, a lo menos. Su tono cortante, sentencioso:

—Señor Presidente, la Ciencia no se guía sino por consideraciones objetivas. La ciencia no promete nada, no garantiza nada que no esté experimentalmente probado. No admitimos más motivo que la busca implacable de la verdad; de otro modo el progreso de la Ciencia se detendría. ¿Catástrofe, señor Presidente? Sospecho que ese vocablo es de los que la comisión depurativa de nuestro léxico, que ya funciona, expulsará de los diccionarios, por vago e impreciso. Para nosotros sólo hay acciones y reacciones, procesos de integración y desintegra-

56

ción atómicos. ¿Daños posibles a los bienes nacionales? ¿Pero acaso olvida que el supremo bien nacional es el adelanto científico? ¿Perjuicios hipotéticos a los ciudadanos? ¿Qué más desearían los de nuestro país, si algún quebranto les sobreviniera en el curso investigatorio, que rendir sus vidas en el altar de la ciencia?

—Si los rudos bárbaros sacrificaban seres humanos a la superstición, o si el Cristianismo tuvo sus mártires, ¿es que nuestro culto del saber no entregaría, también, los suyos? ¿Quién hay aquí —dijo, echando circular mirada imponente a todos los circunstantes, así a los vivos como a las efigies colgadas en los cuadros de la pared, hablando así al presente y al pasado, —quién que no esté dispuesto a dar su vida por la ciencia?

Los retratados en sus marcos pareció que subían de colores, arrebatados de entusiasmo ante la perspectiva de regresar a la vida y volver a abandonarla por la Ciencia. El Presidente se había encontrado con la horma de su zapato, en punto a elocuencia suasoria. Hubo una pausa. Terció otro sabio, iluminando la cuestión con inesperado destello:

—Me permitiría añadir que cualquier decisión opuesta a lo aconsejado por esta comisión científica se podría impugnar ante el Tribunal Supremo del E. T. C., como delictuosa contra la ciencia. Es honra de nuestra nación el haber consignado por primera vez en sus códigos la forma de delito de lesa ciencia.

Tomó la palabra el ministro de Defensa:

—Tampoco conviene perder de vista que del estudio del objeto en debate se podrían derivar notables adelantos para el mantenimiento estático, o dinámico, de la paz. (Mantenimiento estático valía en el lenguaje del E. T. C. por estado de relaciones pacíficas entre las naciones; y mantenimiento dinámico por la actuación bélica, antes denominada guerra).

Cada intervención oratoria era un nudo, un aprieto más, en el conturbado ánimo del Presidente y sus colegas. Se aconsejaba una dilatoria. El Presidente despidió con frases de gratitud a los sabios; asegurábales de la alta consideración en que se tomaría su dictamen, y de una rápida decisión del espinoso caso.

Los consejeros cambiaron impresiones; convenidos en que resolución tan magna habría de ser autorizada la suprema superioridad, el Regente, se solicitó audiencia para el ministerio en pleno. A la media hora Su Alteza, impuesto de lo inusitado del asunto, le recibía. Y ahí se originó nueva y grave complicación. Porque los ministros pertenecían todos a la nueva clase media, ávida de absorber los principios del progreso —uno de ellos hasta era hijo científico del progreso, pues nació retrasado mental y, gracias a la técnica con que se supera tal deficiencia, le había sido dable llegar hasta los consejos de la Corona, sin desmerecer de sus compañeros— estaban penetrados de la necesidad de vivir, gobernar y morir, por supuesto, sin apartarse ni un palote de las soberanas pautas de la Ciencia. Pero el Regente era de otra época, de otro linaje, un Viridimonte: retoño de un tronco dinástico que remontaba siglos arriba, hasta las malezas de la Edad Media. Herencia del antiguo régimen, impuesto como solución de transacción, cuando aquél cayera, por un cuerpo electoral todavía mal enseñado en los principios flamantes del E. T. C. y que padecía supersticiones y flaquezas sentimentales ante la realeza y la tradición, resabios tristes de la Historia; al fin y al cabo el Regente era un rezago de lo histórico, forma de conocimiento tan justamente venida a menos en el E. T. C. por lo que tiene de puramente aproximativa e incapaz de la rigurosa demostración de la física o de la matemática.

Se arrostraban una mentalidad joven, ingenua, la del ministerio, con fe inquebrantada en los dictados científicos que a todos los demás superan, y otra, cautelosa, versada a través de su sangre ilustre en viejas concepciones de lo humano, veteadas de sospechoso subjetivismo, fundadas en dudosos supuestos morales, restos, todo ello, de una derelicta filosofía.

"Señores —vino a ser la argumentación de Su Alteza—: reconozco la fuerza de los alegatos de la Comisión Científica, respaldados por mi Consejo. El país ha entrado en su etapa de progreso y todos concordamos en que las normas de la vida han de coincidir con las de la Ciencia positiva y experimental, a las que nuestra nación se ha advocado, como servidora perpetua. Por eso puede ostentar orgullosa el título de Estado Técnico Científico. Sin embargo, como la educación no lo puede mudar todo en un día, quedan millones de ciudadanos apegados a ciertos falsos valores, uno de ellos la importancia de sus vidas individuales. Los efectos de la explosión de un artefacto que tanto desconcierta a los técnicos, supongamos que resultaran en la muerte de millares de personas. Esa eventualidad ya sé que para ustedes, personas ilustradas, para mí también —tosió levemente antes de colgar este apéndice a su frase—, para mí también, repito, luciría como soberbio sacrificio colectivo, prez del E. T. C. ¿Mas no prevén ustedes que esa medida de buen gobierno, tan sensata y salutífera para el progreso, pudieran tomarla los pusilánimes, los atrasados, que son muchos, por todo lo contrario, por medida de mal gobierno, descabellada y mortífera? ¿Y provocar levantamientos que dieran al traste con ustedes, con el régimen y, eso sería lo peor, con el E. T. C., en el que la humanidad entera tiene puestas la vista y las esperanzas?".

Un político, por muy técnico de las ciencias sociales que sea, es siempre un político. Los consejeros vieron en la última frase de Su Alteza argución poderosa que oponía a los sabios: no convenía acceder a su petición para no perjudicarles, precisamente, poniendo en temeroso riesgo su privilegiado lugar en la sociedad. Ninguno más efectivo, para doctos o letrados, que el argumento *ad hominem*. ¿por qué no probarlo con los hombres de ciencia?

Pero aquí Su Alteza sonrió sutilmente. No estimaba posible persuadir a gente tan bien encastillada como los sabios en sus principios. Intentarlo iba contra la prudencia política; había que darles la razón, y al decirlo su sonrisa alcanzaba a los extremos de la delgadez, había que acceder a su deseo. Los ministros se quedaron fríos ¡Es que Su Alteza desvariaba y tras discurrir con tanto conocimiento de causa recalcitraba al borde de la acción?

—Señores, concédanme unas horas para meditar. Espero que para mañana, a primera hora, habremos hallado, o ustedes o yo, salida al problema.

El Consejo se retiró, desconcertado. Barruntaban algunos que el Regente ya tenía esa solución —lo declaraba aquel sonreír de tantas capas— perfectamente pensada, y que las horas de plazo eran para prepararles a ellos alguna propuesta tan inesperada que si la hubiese soltado allí, de sopetón, habría suscitado resistencias.

Su Alteza se recogió en su biblioteca. Refulgían en los lomos de los volúmenes, tejuelos, rótulos, el oro firme de las encuadernaciones antiguas, que nunca se apaga como la luz de sabiduría que tras ella reposa. Encuadernaciones magistrales, que prestigiaban, ya desde la piel, los pensamientos elaborados por latinos u orientales, en las oficinas espaciosas de los siglos. No se le caía de la boca la sonrisa aquella que llevaban pintada en la memoria sus ministros. Con una llavecita que nunca soltaba abrió un bargueño de labor morisca, extrajo una botella y una copa acampanada y se sirvió aporcionada cantidad de un líquido que con su enérgico aroma afirmaba su procedencia: Cognac, Francia. Volvió a archivar la botella, a cerrar la arquimesa con llave, siempre sonriendo. Allí al lado, junto al sillón preferido, estaba la abierta caja de cigarros de la Habana. Echó mano a un libro, acariciando la tersura de su tapa morosamente, y, encendido el cigarro y estrenada la bebida, se dio a la lectura abriendo el libro al azar. En el lomo las llamas de la chimenea exaltaban o deprimían, alternas, unas áureas palabras: *Niccolò Macchiavelli, Il Principe.* Y en la sonrisa del Regente se reconocía su nobleza, sus antepasados, allá en cortes de Italia, en palacios de Viena, en aulas regias de Londres, y se recreaba en su antigüedad.

Once cabezas, el Ministerio entero, entretanto volteaban y volteaban en su interior la misma pregunta: "¿Qué significará la sonrisa del Regente?"

VII

PERFIDIAS DE LA POLÍTICA

Al otro día, y a las once, terminó la audiencia con Su Alteza; a las doce ya el Ministerio recibía a la Comisión Científica Investigadora. Expectativa solemnidad en el despacho. Dos grupos, aquí el Ministerio en pleno, políticos, gentes aún imperfectas y defectivas; algo había hecho el progreso de las ciencias sociales por mejorarles, pero las pobres las propias ciencias sociales, distaban tanto, en lo que toca a rigor de método y a precisión de resultados, de las físico—químicas, que no habían podido lustrar, ni aun a los más técnicos de entre los gobernantes, de tantos pecados de vieja ideología política: proclividad a confiarse en lo imprevisto, residuos de creencias en principios filosóficos, y un fatal humanitarismo que les impedía considerar la sociedad como lo que es: un organismo mecánico—biológico, con leyes propias y observables, y que debe gobernarse sin dejarse enternecer por flaquezas afectivas ante la suerte de sus componentes individuales, los hombres. De ahí el resabio que les quedaba de oportunismo, intentando la conciliación de los inexcusables mandatos de la ciencia y las razones de circunstancia que, más que razones, eran tristes reflejos emocionales.

Enfrente, ellos, los técnicos, cuerpo sacerdotal de la Ciencia; hijos de sí mismos, no iluminados por ninguna luz de revelación, proveniente de misteriosas esferas superiores, sino por las luminarias del experimento, alimentadas sin tregua en aulas y laboratorios. Seguros del terreno que pisaban, que para eso estaban los geólogos; seguros del aire que inspiraban, porque bien analizado lo tenía la química; seguros de sus sentimientos y sus efectos, ya que la psicología experimental explicados se los tenía; seguros de los cielos, con sus ángeles, su azul y sus secretos reducidos a consejas de ancianos por la combinada victoria de la física, la química y la astronomía. Los menguados políticos aún dejaban escapar en sus discursos términos como *imponderable, inconmensurable*; Cuando, ¿qué es lo que restaba de las cosas de este mundo que la ciencia no hubiese pesado y medido apurando hasta el miligramo, desde la temperatura de un astro al funcionar del cerebro?

Por eso el grupo científico sentía justificadas aprensiones. El caso aquel no tenía, objetivamente, más que un enfoque: llegar hasta donde fuese preciso en la investigación de la bomba. Era un encuentro más entre la ciencia y lo incógnito. ¿Se atreverían los políticos a maniatar el saber científico, consintiendo en que un posible secreto de la materia a la que ya le iban quedando tan pocos permaneciera desconocido? Y todo por si en el curso de la averiguación se seguían destrozos a ciudades, y mortandad a los hombres. ¡Peregrina razón, en estos tiempos en que la planificación y la técnica, conjugadas, pueden hacer brotar de la tierra en cosa de poco más o menos una ciudad flamante que aventaja con mucho a los antihigiénicos burgos del pasado; estupendo pretexto, cuando la natalidad crecía y era menester poner contención a la superabundancia de terrícolas!

Sí, se atrevieron los políticos. No dando la cara, no; astuciosos, redomados, con triquiñuelas que les ameritaban para codearse con funestas figuras, un Metternich, un Disraeli. Y lo más penoso es que ellos, los sabios, con su buena fe, con su pureza de alma, les habían dado el argumento sin querer. El día anterior, el doctor Mendía, cabeza de los científicos, aludió al gozo que el pueblo del E. T. C. sentiría, como los mártires de la antigua religión cristiana, si la búsqueda del secreto de la bomba acarreaba algún sacrificio de sus bienes o personas. Así lo creía el Ministerio con la misma convicción, dijo ahora el Presidente. Pero vivían en una democracia: lo procedente, según rigurosa técnica democrática, era la consulta a la población mediante plebiscito. Que los ciudadanos decidieran; de tal suerte los propósitos de la ciencia se lograrían, ya que todo el Ministerio se sentía asegurado de que el país, fiel a su dedicación colectiva al progreso científico, arrostraría jubiloso arriscos y albures de cualquier laya. Y, al propio tiempo, el Ministerio descargaba su conciencia de todo gravamen de responsabilidad.

Ahora la sonrisa del Presidente del Consejo parecía remedo, modelado en la del Regente, por lo sagaz y traviesa. Jugando con la cadenilla de sus lentes aguardó respuesta. Tardó en venir un buen trecho.

¡Cómo se tiraba de los pelos, si bien en pura representación interior, ya que la ocasión y su calvicie prematura impedían la ejecución exterior del acto, el profesor Mendía! Lo que era la buena fe, y más aún lo que era el pasado, de dañino, pérfido y embaidor. Porque fue el pasado, la maldita herencia de siglos de palabrería y de retórica, fue el veneno infuso en todo ejercicio oratorio, por mucho que se le quiera ceñir a puro discurso racional, el que le indujo a insertar el día antes en su argumentación aquel floreo, con su perendengue histórico y todo: la voluntad de sacrificio del pueblo y lo de los mártires cristianos. ¡Mire usted a lo que se venían a agarrar los políticos, a un descuido verbal, a un lapso en el ancestral pecado de atildar la severa verdad con un perifollo! ¡Es hijo de qué padre; la historia y lo sentimental! Estaba captado en su propia red y no cumplía más que la rendición. Así lo hizo público, en nombre de sus compañeros, si bien añadiendo —último reparo— que no respondía de las consecuencias que el aplazamiento trajese.

La sonrisa del Presidente había medrado de su inicial delgadez a la expansión mayor que permitían los músculos. Descuidado podía estar su perínclito interlocutor. También la política tiene su técnica, y bien montada: el plebiscito se pondría en marcha dentro de treinta minutos; los ciudadanos votarían a los tres días; el resultado sería conocido tres horas después de acabada la votación. ¿Estaban satisfechos los señores de la Comisión Científica?

Iban ya retirándose cuando, cerca de la puerta, el doctor Mendía se volvió con un requerimiento al Presidente del Consejo. ¿No era aconsejable excluir del derecho del voto a las mujeres y a los mayores de cincuenta y cinco años? Por su edad, estos, apegados a creencias trasnochadas, por su condición femenina, aquéllas, dadas a actuar con irreflexiva emoción, podían adulterar la voluntad auténtica de las juventudes, ya educadas por el E. T. C., y de los varones que no se embarran en melindres de poco más o menos, como destrucción de ciudades o pérdidas de vidas.

Imposible, deploró el primer ministro. El plebiscito tenía su ley aprobada artículo por artículo. La ciencia política asevera que no se puede forjar una ley para cada nueva ocurrencia de un mismo caso. Su ilustre amigo debía tener confianza en que las gentes ya no eran aquellas de ayer; y que los *preproyectos*, o proyectos, habían aprendido ya de los jóvenes, la meta de la nueva sociedad.

La Comisión, derrotada en aquella escaramuza de retaguardia, se ausentó con las orejas tan gachas como si estuviesen oyendo ya en el *no* de la inculta masa la voz de la superstición y del individualismo negando paso libre a la Ciencia.

Preveía la legislación para el caso del plebiscito, rápido trámite. Expuesta al país la cuestión en litigio, se había de votar a los tres días. Permitidas estaban todas las reuniones; pero como, gracias a los estudios de psicología de las muchedumbres, se conocía de sobra lo abierta que está la persona al contagio emocional y a las auras afectivas en una gran asamblea, no podían formarlas arriba de veinte personas. Con no menor prudencia se defendía a los ciudadanos de aquellos recursos de mala ley que la altielocuencia, la gesticulación y el encendimiento, encarnados en la persona del discursista, usaran tantas veces para menguar las facultades racionales del auditorio, en favor de su pasionalidad irreflexiva. El orador no comparecía ante el público: su arenga, impresionada en un disco, se ejecutaba desde una plataforma, al pie de una efigie fotográfica del *mecánicoparlante*, y no había de durar, en gracia a la sobriedad de todo lo científico, más de quince minutos. Excluidos quedaban de las oraciones todos los extremos, así panegíricos y ditirámbicos como invectivos y catilinarios. Se aconsejaba la expresión ordenada de argumentos, de poder ser por *a b c*, o clasificados en apartados, con sus correspondientes numerales.

Al día siguiente los mítines se multiplicaban por toda la ciudad. La ciudadanía, masculina y femenina, entraba, salía, por veintenas, de los locales llamados "centros de ilustración". Dieciocho mil gramófonos funcionaban sin pausa; en el primer día se reventaron, de tanto hablar, siete mil discos.

Las paredes estaban florecidas de carteles de propaganda electoral, sujetos, también, a prudente regulación. Habían de reducirse a treinta palabras, cuando más; y no se autorizaba más que tres de aquellas fórmulas persuasorias en pro, y otras tantas en contra. El partido más numeroso de la nación, el P. O. P. —Partido Objetivo Progresista—, tuvo en vela toda la noche a sus técnicos hasta escoger sus tres divisas. La primera rezaba: "Antes morir por la Ciencia que vivir en la ignorancia". Aludíase así a la consagración del país al progreso del saber, costara lo que costara. La segunda: "Donde un mundo de ladrillos y maderos se hunde un mundo de acero se levanta. La destrucción es el comienzo de la construcción". Se amonestaba con esto a los enclenques de ánimo, a los que temían por la momentánea desaparición de sus hogares. La tercera es la que más trabajo costó aprobar, porque tenía ciertas sospechosas resonancias: "¿Qué es la vida? Una ilusión. ¿Qué es la vida? Un frenesí. ¿Qué es la vida? Un sueño. ¿Qué es la ciencia? Una realidad, una verdad, un axioma". Los lemas del partido contrario retemblaban de ecos poéticos y retóricos: "Pensad en nuestros niños, flores de la nación". O trascendían a sistemas de moral arrumbados, cual: "Arrojarse al peligro es entrar por la senda del suicidio. El suicidio es un crimen". Más ladina se mostraba la última: "Un niño, muerto hoy, podría ser un sabio eminente del mañana. Salvemos a los científicos del porvenir". Nadie sabía, fuera de dos personas, que esta había salido del mismísimo cacumen del Jefe del Estado. En la radio nacional se repetía, a cada hora, la instrucción del Gobierno, así mismo publicada en todos los diarios: "¡Cuidado con el subjetivismo! ¡Desconfiad de los sentimientos, reflexionad con precisión, juzgad con objetividad, votad con orden! ¡Viva el nuevo E. T. C.!".

El país se agitaba entre los preparativos de la votación, conmovido como nunca antes. Animados los hogares, aun los más mortecinos, por las discusiones; rebosantes cafés y cervecerías de gente que se ayudaba, por el debate y la controversia, a seguir los consejos del Gobierno: a juzgar claro. Viene aquí a cuento el advertir que no se necesitaba en el E. T. C. una medida indispensable en otros tiempos, o en países atrasados, a saber la prohibición del consumo de bebidas en periodo electoral. A este respecto el adelanto del país asombraba. Más de un lustro atrás se había aprobado la ley contra la fabricación, introducción y despacho, en el territorio nacional, de ciertos brebajes a base de alcohol que, siglo tras siglo, habían venido asolando a la humanidad ignorante, y nada menos que en naciones del planeta que se vanagloriaban de madres ilustres de la civilización. En el Parlamento del E. T. C. impresionaban profundamente los in-

formes que acompañaban al proyecto de ley: fisió-
logos, higienistas, psiquiatras, sociólogos deponían
con una balumba de argumentos contra la potación
de semejantes bebidas. Pero uno, en particular, se
atrajo la atención admirativa de los legisladores; el
que hacía hincapié no en los perjuicios que al indi-
viduo y a la comunidad se irrogan del uso de esas
bebidas, sino en la ancianidad de la técnica de su
obtención. Conviene aclarar que todo lo añejo e
inmemorial era mirado por el nuevo régimen con la
prevención natural, y hasta con la justa hostilidad,
que se merecía. Retrogradar por los tiempos era
hundirse en un magma de fanatismo y crasa nesciencia; el siglo xix algún título tenía, aún, al respecto, como época germinal de ciertas ideas científicas, aunque no supo sacarlas casi nunca de la esfera especulativa y teórica; la pretensión del XVIII
de hacerse pasar por siglo de las luces y adorador
de la diosa Razón sólo se entendía por la ficción
perversa a la metáfora y al vocabulario impreciso
que, hasta el presente, padeció la humanidad. Si se
iba más hacia allá, cada paso atrás señalaba otro
aterrador descenso en las opacidades y calígine de
la insipiencia. No en vano se tomaba, en los programas de enseñanza, uno de los más tristes e incomprensibles engendros de aquellas edades, la
catedral gótica, como ejemplar de derroche, desen-
freno imaginativo, gratuito, y de antifuncionalismo.
Por eso, apuntar a la antigüedad de alguna cosa
era ya condenarla. ¿Y qué decir, entonces, de com-
postura como el vino, que se caía de vieja; y sobre
todo del procedimiento de su fabricación, torpe y
grosero, ya que se lograba, no a costa de procesos
reflexivos y lógicos, sino a fuerza de pies, por puro

patear y patear de las uvas? Y lo inexplicable es que en tantas centurias nadie probara, hasta hacía unos pocos años, a mejorar técnica tan primitiva y pedestre y se siguiera pisa que te pisotea, en inmundos lagares, las uvas que en sí mismas poco tenían de reprobable, y hasta podían tolerarse, por su contenido glucógeno. Ahora bien, si lo que confiere derecho de vida y consideración social a las cosas en un mundo técnico—científico es la perfección técnica, las científicas garantías con que se producen, ¿quién osaría defender la supervivencia del vino, que se hacía ya así, bárbaramente, en los tiempos bíblicos, se había seguido haciendo así en las tinieblas medievales, y aún hogaño se hacía así, en lugares retrasados? El vino era imperdonable pecado de arcaísmo, de anacrónica impropiedad, en una sociedad culta; por lo menos mientras no se probara que podía fabricarse en los laboratorios y a la moderna, esto es, con prescindencia de la uva y de los humanos sudores. Si la tendencia de la nueva era científica apuntaba a ir corrigiendo la suma de errores de la naturaleza, sustituyendo las deficiencias con que gallinas y frutales, vacas y tubérculos venían nutriendo a las gentes, por alimentos de perfecta ponderación química e irreprochable modo de obtención, hijos orgullosos de los tiempos nuevos, o séase venidos a luz en los laboratorios, ¿con qué títulos podía solicitar el vino prórroga de vida, indulto a la justísima condena a desaparecer? Echarlo de menos, nadie podría; porque ya la industria tenía a disposición del público, y los anunciaba por la tierra y los cielos, así de día como de noche, a los ojos y a los oídos, néctares preparados con todos los sacramentos de la higiene

71

y los primores de la química, que imitaban a la perfección los sabores y aromas de las antiguas bebidas alcohólicas. Y que les llevaban la gran ventaja de que, en lugar de provocar perniciosos efectos excitantes, no hacían absolutamente ninguno; o, de hacerlo, inducían al organismo, no a orgiásticos desenfrenos, sino a una modorra, o soñarrera, donde quedaban abolidas todas las inquietudes y visiones y se rozaba el reino del limbo mental. De tales estados soporíferos y beatas mansedumbres ningún pleito ni riña sobrevenían, ni podría acarreársele mal a la república; contribuían al mantenimiento del orden, en cuanto inclinaban al letargo y al sopor. Y no se sabe de ideas subversivas alumbradas en cabezas de amodorridos, ni de revoluciones ganadas por sonámbulos.

El país, en su mayoría, aceptó la reforma complacido. Después de todo las *neobebidas* —así se llamaban— significaban un leve dispendio, comparadas con las *paleobebidas*, vino, whisky, cerveza, etc.; y al poco tiempo va el paladar se había arregostado tanto en la insipidez que le descubría variantes, diferentes grados y gustillos, según los nombres de las etiquetas: se saboreaba el *neochampaña* cual si fuese más exquisito que el *neotinto* común, guardándose así la jerarquía del pasado. Además, la propensión a la abreviatura, activa en todo idioma y que ataca de sólito a las palabras compuestas, condujo a las gentes a omitir el prefijo. Al pedir un *neobrandy* por ejemplo, para más rápido despacho el solicitante se comía el *neo*, vino a resultar que el nombre nada había cambiado y que los ciudadanos se sentían tan libres como antes para escoger en la lista de bebidas la que más apeteciese, nominalmente, a su paladar. Se oía en cafés y restaurantes lo que en cualquier nación atrasada pudiera oírse: "Un cognac", "Un Jerez", "una de Burdeos"; la sola diferencia estaba en el gusto, que ni aun de lejos recordaba el de las bebidas arcaicas. ¿Pero qué sociedad científica puede construirse sobre la base tan deleznable como la de los gustos palatales?

Este trance del plebiscito venía a demostrar, por vez primera, ya que estas eran las únicas pruebas electorales después de la aprobación de la ley, su tino y sabiduría. Porque a más consumo de neobebidas sucedía todo lo contrario que con las paleobebidas, que solivantan los ánimos, enconan las pasiones y hacen bullir los cuerpos, que sólo se calmaran con la riña: los ciudadanos del E. T. C., al cabo de tres horas de parla, apoyada en *neobrandys* y *neocervezas*, amansaban sus oposiciones y algunos hasta se quedaban modorros. No dejaron de anotarlo los funcionarios inspectores de conducta social, como indicio de los admirables resultados que en la educación política tenían las normas potatorias del nuevo Estado.

VIII
CECILIA EN LA CIUDADELA

Pero un país no se puede volver del revés, así como así, de la noche a la mañana. Escárdanse tenazmente las malas yerbas, se hace la nueva sembradura, empieza a granar la cosecha. ¿Quién puede evitar, en campo tan ancho como una sociedad humana, que a la limpia se escape alguna maleza? El régimen, además, era totalmente democrático: nada de extirpar a tirones. Y así aún subsistían ciertos grupos, en la comunidad, adeptos a creencias desacreditadas por la ciencia positiva, pero de tan buen arraigo que se resistían a morir. De uno de esos islotes era Cecilia Alba, doncella que estaba al presente en los dieciocho. Viuda su madre, ella única, no por ser el solo fruto de sus padres, sino porque su hermano murió hacía unos años, de extraña dolencia. Consunción psíquica, la diagnosticaron los médicos, producida por un desvarío de su mente. El muchacho tomó parte en la última campaña dinámica de paz (lo que fuera se llamaba "la guerra de los dos años") como aviador. Del avión que tripulaba se soltaron muchas bombas sobre ciudades adversarias. Licenciado, con honrosa hoja de servicios, acometió el padecimiento; debilitación de energías, flaqueza de voluntad, un desánimo progresivo, que le inducía a pasarse horas y más horas como en ausencia del hoy, en misteriosas regiones de su interior. Ninguna causa externa se pudo hallar a tal desvaimiento. Madre y hermana le velaron, observándole los ensimismamientos, queriendo adivinarle su porqué. Y el caso es que cuando vino a finar, sin pena, en suave extinción de su querer ser, pareció que los tres se comprendieron, que las tres miradas se juntaron en un hito que nadie se atrevió a nombrar. Con lo cual, ido el muchacho, se aferraron las dos supervivientes a su culto; el antiguo culto de la religión católica, tolerado como todos, pero en vías de desaparecer ya.

Cecilia se instruyó en la escuela pública, conforme a la pedagogía del nuevo Estado. Pero nunca dio satisfacción a los profesores. Aplicada lo era, y trabajadora, y obediente. Y sin embargo, una especie de incapacidad nativa para interesarse en el valor de los puros hechos, una falta de curiosidad por la observación de los fenómenos, metódicamente demostrados en el laboratorio, llevó a los maestros a la triste conclusión de que la mentalidad de esta criatura estaba lastrada con arrastres lamentables del pasado: en lugar de la lectura de manuales científicos o libros informativos de las presentes realidades del mundo, se daba a la busca de obras de imaginación, novelas, poesías, por las librerías de segunda mano. La vida se la ganaba como mecanógrafa; por don inexplicable, ya que la caligrafía estaba suprimida de los programas de estudio y la reemplazaba el adiestramiento en la escritura a máquina, tenía una letra bellísima, regular, clara, graciosa de rasgos, y no escribía nunca más que a mano, fuera de la oficina. El cual detalle la singularizaba más aun como incapaz de adecuarse a la vida moderna. No faltó quien aconsejara a su madre que la encomendara, por unos meses, al tratamiento de una clínica de adaptación social, de las muchas creadas por el Estado. Por desgracia la chica era hija de su madre; y esta no acertaba a comprender que Cecilia necesitaba un "curso de reajuste psicológico-social", lo aconsejado por algunos amigos. Con la muerte del hermano se le agravaron sus rarezas; pasaba muchas horas entregada a labores ya mandadas retirar de la nueva sociedad, bordados de imaginaria, calados, encaje de randa o bolillos, todos aprendidos de su madre. En vano se le hizo notar el pierde tiempo que representaba aquello, el desdén por la obra de la industria moderna que hace lo mismo, o si no lo mismo, muy parecido, a máquina, y en cien veces menos tiempo, y sin desojarse sobre el bastidor. Resto y sobra que era de un ayer deplorable, había que dejarla —el Estado Técnico Científico se portaba generoso y liberal con todos—, en su aislamiento, hasta que con sus ideas se extinguiera aquel triste ejemplo, hecho persona, de la agonía de un mundo.

No tenía muchas amigas. Una de ellas, provinciana, vino unos días a la capital y deseaba, claro, visitar con detalle el *Templo de la Ciencia*, orgullo nacional. Cecilia lo tenía visto, en sus días de escolar, y explicado todo por las maestras, pero sus gustos se iban precisamente a aquellos objetos arcaicos, orfebrería, marfiles, códices, miniaturas ilustrativas, que si se exponían era en comprobación de las torpezas técnicas y malgasto de tiempo en que había incurrido la humanidad pasada. Fue a caer la visita de las dos muchachas en aquel memorable día de la aparición del objeto misterioso en la *Rotonda de la Paz*. Y ellas dos, convocadas por el grito de terror de Nicasio Entrambasaguas, fueron de las primeras y pocas personas que vieron la presunta bomba. De no haber sido por aquella voz clamante, nunca se hubiese Cecilia acercado a aquella sala de los proyectiles; jamás la pisaba y hasta daba un rodeo para no cruzar por ella, váyase a saber por qué inexplicable manía. La emoción, las horas que pasó retenida por la policía, trastornaron la serenidad de su espíritu. Se desvelaba, le acometían pesadillas extrañas; las noticias del diario, el barullo público que se levantó la tenían en vilo, desganada de todo, de leer, de sus labores. En la oficina sorprendió: hablaba más que antes, y siempre de lo mismo, del plebiscito, de la bomba, y siempre oponiéndose a la demanda de los sabios. Víspera de la votación asistió a dos reuniones de esclarecimiento en las que oyó las mismas razones, de los mismos discos; y vuelta a casa, el sueño de aquella noche fue corto y malo; se tenían prometido madre e hija oír la primera misa en Santa Justa. Había que levantarse antes del día.

Habitaban el barrio más viejo de la ciudad, el que fue su recinto primitivo. *La Ciudadela* le llamaban; aquel manchón de casas antiguas, algunas palaciales, la docena de iglesias —tres de ellas góticas—, incrustado en el medio de la ciudad moderna —con sus edificios por lo menos de ocho pisos y su científico trazado anchuroso—, valía como reliquia de otro mundo, prueba material, y que resultaba increíble, de la incultura en que vivieron los hombres. Allí la morbilidad era más crecida, la mortalidad mayor. La proporción de cuartos de baño, vergonzosamente baja. Y nada se diga de ascensores y maquinaria moderna para usos domésticos; ni las edificaciones se prestaban a su instalación ni a los vecinos parecía tirarles mucho tales artefactos. Un periodista de inventiva que compuso una serie de artículos con el título de "A cien metros, y a seis siglos, de distancia" reveló, póngase por caso, que entre las dos mil familias que habitaban el recinto antiguo sólo veintisiete poseían tostadores automáticos de pan. Esos artículos se ilustraron con fotografías curiosísimas, como las de unas anchas aberturas en la pared, donde se quemaban maderos día y noche, a cuento de que así se caldeaba el cuarto. La información levantó revuelo; se repitieron, en algunos sectores, las voces de protesta, las demandas de que se acabara ya de una vez con aquel anacronismo deshonroso, arrasándolo para erigir en su lugar un barrio planificado, acorde con las exigencias últimas del urbanismo. Pero los defensores de la democracia siguieron manteniendo el derecho de todas las minorías a vivir a su modo, siempre que no hubiera daño de tercero; por incomprensibles, y hasta indignantes, que fuesen ciertos modos de vida, tan ciudadanos eran sus adeptos como los demás. Por otra parte se solía usar la *Ciudadela* como de antiejemplo. Las gentes nacen desagradecidas y se imaginan que todo se les ha dado de gua gua; que siempre se ha ido al cine en automóvil, y se ha empezado el día por un baño. ¿Qué mejor cosa que llevar a los estudiantes de sociología a la *Ciudadela* y darles unos paseítos explicativos por calles infranqueables para un automóvil, retorcidas, angostas, hacerles asomarse a alguna que otra casa, y sobre todo notar que para subir a los pisos no había otro modo que echarse al pecho escalones y escalones? Ahora se sabía lo que era el pasado; ahora ya estaban en disposición de reconocer todo

78

lo que la Ciencia y el nuevo régimen hicieran por ellos; ahora podían discernir, de primera mano, dónde acababa la barbarie, dónde se iniciaba el progreso. Por supuesto, los templos, y más que ninguno el de Santa Justa, eran lo más raro entre tanta rareza. Basados en principios de construcción internacionales se les tomaría por un desafío a los principios y objetivos de la arquitectura de hoy. Lo que ya pasaba de todo entendimiento es que siguieran allí, tan plantados; y que no obstante la vulneración de tantas leyes físicas hubieran resistido tiempo y tiempo, sin venirse abajo, como parecía lo más natural. Todo, en la construcción de aquellas iglesias, se regía por motivos desatinados o inexplicables; y sin embargo, sobresaliente de aquel montón de extravíos, lindando con la pura enajenación, estaba el sistema de iluminarlas. Ya los muros eran, de suyo, yerro de cuenta, con aquella delgadez que obligaba a aguantarlos por de fuera; y por si no eran ya harto endebles se abrían en ellos vanos desmesurados, ventanales tan juntos unos a otros, que no se entendía cómo paredes tan disminuidas de resistencia, por los muchos huecos, podían soportar las bóvedas. ¿Tanto ventanaje?, ¿qué otro propósito podía tener sino el de dar luz y aire al templo, que es el de todo ventano, claraboya o lumbrera, según se les alcanza hasta a los niños infantes? Pues, nada de eso; porque aquellas aberturas se cubrían con paños de vidriera, hechos de pedazos de vidrio de muchos colores, predominando los oscuros; así que maldita la claridad que al interior le llegaba, a través de semejante pantalla. ¿Para qué rasgarle tanto paso a la luz, si luego se lo cortaban? Diríase que unos hombres habían abierto los huecos, y otros, ignorantes de los designios de los primeros, los habían tapado con la cristalería. Lo cual aún acarreaba nueva ofuscación a los ojos porque en las vidrieras se habían intentado representar escenas con muchas figuras sin comprender la dificultosa materia pictórica que es el vidrio, y que para eso se prestan mejor el lienzo y los pinceles. Se veían los tales cuadros borrosamente y, por hallarse tan en lo alto, obligando a forzar la visión y a torcer el cuello, con perjuicio para la vista y cansancio de los músculos. Nada mejor que estas vidrieras servía a los profesores para demostrar a sus alumnos la irracionalidad e incoherencia con que discurrían los antiguos, cuán increíble su carencia de sentido económico y de empleo del tiempo: allí estaba la prueba, los ventanales, proclamando derroche de energías, equivocación de materiales, y total fracaso de propósito, puesto que hechas para iluminar la iglesia y airearla, ni dejaban entrar la claridad ni —este era el ápice del absurdo— podían abrirse, ni nunca se abrieron.

Allí, frente a uno de ellos, estaban Cecilia y su madre, a las seis. Misa de Alba, la del día de la votación. Casi toda la ventana negaba sus historias a los ojos, por lo temprano de la hora y lo recién nacido de la luz. Pero el sol fue enterneciendo el cristal, lentamente. Se obraba, como usual suceder de cada día, el portento: nacer de líneas y figuras, sueltas primero, que luego se iban buscando, cual las palabras en el discurso, hasta juntarse y decir lo que querían. Porque con la revelación de las formas, brillantes de color, refulgiendo de querencias de servir, cada cual desde su sitio, con su azul, con su rojo, con su amarillo, se aparecía ya la visión de la escena; lo representado por una rojez, que era más que rojez, llama; por un blanco, que era más que blanco, túnica angélica; por un ocre que era, por encima de eso, paredes de ladrillos derrumbándose; por un oro, el de la trompeta del enviado de Dios. Y cumpliéndose las conjuntas voluntades, la más remota, voluntad del Apóstol San Juan, la de siete siglos antes, voluntad del artista vidriero y la de este día de hoy, voluntad de sol de un mañana más, se hacía visible la significación final del enorme paño de vidrio, aquella plenitud de sentido que le habían encargado de traer a los ojos de los hombres; misión muda que él desempeñaba, jornalero incansable, todos los días de Dios, desde uno de agosto de 1292. Era la vidriera del Apocalipsis, y traducían sus figuras versículos del libro del Teólogo. En lo sumo, aun entre las curvas de la ojiva, el ángel volador. ("Y miré y oí un ángel volar por medio del cielo diciendo en alta voz: ¡ay, ay, ay de los que moran en la tierra!") Luego una bola flamígera, por los aires abajo: ("Y vi una estrella, que cayó del cielo en la tierra"). En el centro unas construcciones de infantil traza, que se venían al suelo, muy bien dibujado cada ladrillo, a pesar de que debían estar haciéndose añicos en el derrumbe: ("Y en aquella hora fue hecho gran temblor de tierra y la décima parte de la ciudad cayó"). En lo más bajo de la vidriera, enredadas en las llamas que brotaban de la tierra, unas figurillas angulosas y retorcidas, desnudas o trajeadas, algunas ya derribadas por el suelo, fugitivas otras: ("Y fueron muertos en el temblor de tierra en número de siete mil hombres"). Ninguna página de novela, ninguna seda de bastidor tenía para los ojos de Cecilia aquel poder de encadenárselos, de sacarle el alma por ellos y hacerla vivir en un fuego de cristal, al que ella se consagraba postrera y propiciatoria víctima.

Se acabó la misa; las dos mujeres al salir se entraron en la capilla de la Dolorosa, en la nave de la izquierda. Reinaba la imagen de talla sobre una fila de candelas encendidas y un olor de flores frescas. La cara la tenía vuelta al cielo, y en las mejillas dos lagrimones interminables, siempre cayendo, porque no se movían. Las manos, cruzadas sobre el pecho, y encima de ellas una extraña adición que le había traído, hacía mucho, algún devoto: un gran corazón de metal dorado, que con el humo y el tiempo tenía avejentado el brillo y pasado el color; ahora todo parecía un manchón cárdeno, esperando las lágrimas de arriba, que vendrían a limpiarlo. Era imagen de la devoción de Cecilia y su madre. La muchacha se sabía de memoria cada pliegue del negro manto, cada coyuntura de los dedos enclavijados. Pero aquella mañana, apenas le puso los ojos encima le entró una congoja nunca sentida, como ante algo que jamás se ha visto y que remueve hasta el hondo de la entraña

—¡Vamos, madre, vámonos! ¡No puedo, no puedo...!

Le sentía la madre el cuerpo delicado que temblaba; le veía el llanto en los ojos, la torcedura en la boca. La sacó, sosteniéndola, en seguida. El aire era fresco, se sentía entero en el rostro, como una seca caricia plana de mano poderosa.

—¿Pero qué es, qué tienes?

—Nada, madre, nada... Es que me ha parecido que era así... así...

En su pensamiento tenía el corazón de la Virgen, aquel bulto de metal encardenecido.

—¿Pero el qué, hija, el qué?

—¡Aquello, aquello, lo que vi aquel día, lo que apareció... en...!

Rompió a sollozar. En una pared de enfrente campeaba la divisa: "Donde un mundo de ladrillos y maderos se hunde..."

IX
VOX POPULI, VOX DEI

La votación iba como una seda. Contaba el país con el más perfecto sistema técnico para la fiel expresión de la voluntad popular. Como este era plebiscito, se votaba con balota. El color blanco significaba la afirmativa a la demanda de los científicos; el rojo, la oposición. Al ingresar en el colegio electoral se proveía al elector con una bolita blanca; entraba en la camareta de voto y, si el suyo era favorable a los blancos, bastaba con depositar su balota en el agujero que la máquina de votación tenía al costado derecho; caso contrario, la bolita se hacía pasar ante un haz de radiaciones químicas, que la volvía roja en diez segundos, y se la echaba por el orificio del lado izquierdo. El artefacto era una maravilla; las bolas iban a dar en cajas, cada una capaz para mil de ellas; en cuanto se llenaban su propio peso les hacía desplazarse de su lugar — al que venía otra, inmediatamente, a sustituirla — y deslizándose por un plano inclinado llegaban, ya cerradas y selladas automáticamente, a las arcas colectoras, cada una de las cuales contenía diez cajas. Así ya se sabía, sin más cuentas, que cada arqueta significaba diez mil votos. Todas las cajas eran de metal; para distinguirse, las de los votos rojos llevaban pintada una franja del mismo color. Las arquetas, apenas descendían se cargaban en automóviles y en un vuelo se trasladaban a la oficina central de escrutinio, donde dos correas sin fin las conducían a enorme sala. Allí se extraían las cajas y se colocaban, apiladas de veinte en veinte, a lo largo de paredes fronteras. El recuento se hacía solo; bastaba con ir mirando cada una de aquellas columnas, que representaba veinte mil votos, según se alineaban contra el muro, a manera de nuevos soldados. que llegan y llegan a aumentar una hueste. Admira cómo los procesos de la técnica, complicados y abstrusos siempre, hijos de tanto y tan profundo cavilar, se rematan en resultados de tal sencillez que recuerdan a juegos de infante. Aquel sistema de recuento, ¿no era al fin y al cabo aparente a entretenimiento de un niño que va poniendo en pie, enfrentados, sus soldados de plomo? Sólo con entrar en la sala y echar la vista a diestra y siniestra se apreciaba ya quién iba ganando, y si adelantaba más una u otra fila.

La noche antes celebraron los hombres de ciencia secreta y ponderosa sesión. El profesor Mendía expuso su objeto: abrigaba él graves recelos sobre la resultante del plebiscito. Por intenso que hubiese sido el esfuerzo del Ministerio de Educación para instruir al pueblo en los nuevos principios del E. T. C., la labor era aún de pocos años, y muy temible que no hubiese penetrado en todas las conciencias. Por desgracia, de todo el mundo de la materia y los organismos materiales el hombre es el más reacio a dejarse cimbrar, a doblegarse a voluntad de la razón científica. El agua se deja llevar por doquiera, dócil a represas y canalizaciones; la tierra acata la forma que le impone el alfarero; el metal se acuña en discos perfectos e iguales, de un mismo tipo, con idéntica figura y leyenda. Y sin embargo el ser humano se resiste —y, lo más deplorable de todo, alegando uso de razón— a acatar el modelo de la Ciencia que reduciría su anarquía e innumerable variedad a unos pocos tipos y modelos, los cuales ella tiene ya discernidos, por irrefutable comprobación experimental, como los mejores; y se empeña en continuar bebiendo agua cuando tiene sed, así sea de no purificado manantial de sierra, a danzar al son que él se toca, a vivir, en fin, como le da la gana.

Sí, muy aprensivo se sentía el insigne sabio en física nuclear. Tanto que se atrevía a proponer a sus compañeros una medida de precaución oportunísima. Se podía llamar: "rectificación de error previsto". ¿Es que decisión de semejante trascendencia podría dejarse librada al azar de una masa electoral a medio educar? ¿No hay fines que justifican todos los medios? ¿Y cuál fin, por encima de la Ciencia? Por eso, descargándose de escrúpulos más propios de viejos sistemas de moral que de las leyes de la eficacia, iba a exponer su plan a los concurrentes. Era sencillo: si a la mitad del tiempo hábil para la votación, las doce, se notaba que el electorado propendía a cerrar el paso al curso de la Ciencia, se podía proceder a la tal rectificación de error. ¿Cómo? ¡Qué pobre sería la técnica si no tuviera ya su respuesta lista! Hay rayos colorantes y decolorantes, ¿no es así? Pues sería suficiente someter las cajas de votos rojos durante un trecho del camino que recorría la correa sin fin encargada de trasportarlas, a la radiación de una onda de colorante, salida de un sencillo aparato colocado en el techo y que él, por prevención, ya había ordenado instalar a persona de su confianza. Todos los receptáculos de balota roja perderían allí su franja distintiva; y blanqueados del todo al llegar a la sala de escrutinio, irían a acrecer las filas de los blancos. Innecesario parecía volver sobre ese puntillo, pero, ¿no era evidente que tal proceder en lugar de falsear la voluntad del pueblo la guiaba, la dirigía por el único camino recto, que es el que traza la Ciencia cuando condesciende a servir a la vida? Claro que este remedio que ellos se aprestaban a poner al extravío posible de la opinión sólo era factible en la capital; pero esta, por su enorme población, decidía siempre las contiendas electorales. Ganar la capital era ganarse el plebiscito. Se separaron los juramentados con conciencias tranquilas y ánimos satisfechos; más que de todo, estaban agradados del uso de un refinamiento de la rigurosa técnica físico-química en campo tan inseguro y atrasado como el de la política. Nada podía escapar al brazo potente del saber científico, técnicamente aplicado a la vida; igual acababa con el fastidio de moscas y mosquitos que con la errada voluntad de millones de gentes.

Alguno soñó, el profesor Mendía, que él, todo él, era el mismísimo y supradicho brazo de la ciencia; el cual se estiraba y se crecía, alargándose todo lo menester para alcanzar su fin, se llegaba hasta la *Rotonda de la Paz*, captaba la bomba misteriosa y la traía bien asegurada en la mano, a su mismo cuarto y lecho, donde la apretaba, amoroso, contra su seno. Se despertó abrazado a ella, a una almohada.

A las once se encaminó al centro de escrutinio; no sólo por su eminencia personal, sino por ser Presidente de la Comisión Científica, tenía libre acceso a cualquier lugar de sus oficinas. Se fue derecho al gran salón donde se apilaban las cajas de votos. A la primera mirada ya vio la diferencia:

una de las ringleras de aquellas rectangulares figuras en pie excedía a la otra, casi en un tercio. Al gran sabio su preocupación de perder la partida le hizo traicionarse en un requisito básico de la mente científica: la objetiva, escrupulosa observación de los hechos, previa a todo pronunciamiento de juicio; puesto que había una ringlera más larga que otra, le dijo su aprensión, esta era la de los rojos. Por eso le sorprendió la enhorabuena del jefe de recuento:

—Bien, bien, profesor, van ustedes ganando.

—¿Cómo?

—¿Pero no ve usted?

Se rehízo; y, un tanto abochornado, vio que era la suya, la fila de los votos blancos, la que llevaba la delantera. Disimuló su sorpresa, su desconcierto, con una sonrisita y unas palabras:

—¡Claro, claro, era de esperar! No pensaba yo otra cosa. El pueblo es admirable.

Entonces, ¿qué cumplía hacer? Si hasta ahora no había error, ¿cómo se podía proceder a la rectificación de lo no existente? Aun aguardó media hora; seguían llegando las capas; se erguían en su sitio, alineados con perfección militar, los nuevos bultos. Y el caso es que la proporción ventajosa se mantenía. Y que el hecho, en lugar de satisfacerle, le inquietaba más y más. Tenía convocada en su casa una reunión de sus colegas, a las doce menos cuarto; ninguna duda le cabía, al salir para el centro de escrutinio, que en ella se daría orden de poner en marcha el aparato de radiación decolorante. Pero ahora, de vuelta, en su coche, era todo confusiones. Tan usado estaba a hallarse siempre en posesión de la verdad, como lo están a diferencia de sus prójimos, los hombres de ciencia, que la realidad le defraudaba, le estorbaba. ¿Sería posible que aquellos ciudadanos, los que veía entrar y salir en los locales de votación, estuvieran ya ganados, en su mayoría, a las luces de la razón científica? ¿Que aquella muchacha garrida que emergía con faz alegre y sonrosada de un colegio, criatura de atractivos somáticos tan copiosos y evidentes, estuviese dispuesta a encararse con los riesgos predicados por los adversarios y se dominara, ella, tan peligrosa *superidora* de emociones, su propio emocionalismo?

Su sorpresa halló eco en los compañeros. El caso era dificultoso. Si la masa electoral se aviaba, ella solita, por la vía recta, ¿tenía algún sentido el dirigirla adonde ya iba? En su fuero interno les dolía renunciar al uso de su ingenioso recurso técnico; era reconocer que otra técnica, la educativa, se había anticipado, y, sin química ni física, conducía a los ciudadanos del E. T. C. a su proclamada dedicación: sacrificarlo todo a la ciencia, flor y corona de la vida del hombre. Variaron los pareceres; quién sostuvo que, de cualquier modo, convenía hacer funcionar el aparato —después de todo nada se perdía con ganar votos—; quién, lo estimaba improcedente. Predominó la conciliación; el convenio en el aplazamiento por un par de horas más. Se constituyeron en sesión permanente. Iban y venían por el despacho, fumando el tabaco desnicotinizado, producto nacional. El teléfono los enlazaba con las vicisitudes de la votación. A la una seguía la ventaja; a las dos se aumentó. Estaba ya desechada la necesidad de la intervención rectificadora; las sonrisas asomaban. A las tres las noticias les sobrecogieron: las filas de los rojos se alargaban alarmantemente, ya casi alcanzaban a las de los blancos. Estalló la discusión. Los avisados, que habían defendido la rectificación de error, se deshacían en reproches contra los tímidos. Ahora ya sería tarde. De todos modos, el Presidente pidió el coche, para dirigirse al centro escrutador. Llevaba con él al hombre de confianza, encargado de hacer funcionar el aparato. Aún estaban a tiempo, si se daban prisa. Saltaron al automóvil.

—¡Al Centro y ligeros! —se ordenó al chófer.

Al punto estaban de marchar cuando una muchacha, de parecer y vestido modestos, se acercó a la ventanilla; algo llevaba en la mano, envuelto en un lienzo blanco. Y aún no había caído la mirada del sabio y su acompañante sobre ese bulto cuando lo desgarraron tres cortaduras de fuego, tres fogonazos. Tan encima estaba, que el interior se llenó del humo de los disparos. El chófer hizo dar una arrancada brutal al automóvil y lo paró a los cincuenta metros. Las gentes, acudidas a las detonaciones, se dividían; unos cercaron a la moza. Tranquila mente rindió a un guardia su revólver y su persona.

—¿Sabes lo que has hecho? ¿Estás loca? —le decía un policía, sacudiéndola del brazo.

—Sí, matar al malo. Es el malo... Nos lleva a aquello, a aquello...

—¿A aquello qué? ¿Qué es aquello?

—¿Qué sabéis vosotros? Está en la vitrina, pero como no lo veis...

—Lo de siempre... hacerse la loca... ¡Vamos!

Se la llevaron esposada, a ella, tan frágil, a

la muñeca de un guardia de estatura gigantesca. Otro, que quedó atrás, recogió del suelo el pañuelo, sucio de barro, chamuscado.

"¡Tanto lujo para llevar envuelto un revólver...!", pensó el policía, examinándolo. En verdad, el pañuelito era un primor de aguja. Florecillas de realce, calados caprichosos, labor de paciencia y esmero, archivo de muchas horas, cuando la cabeza que se inclinaba sobre su obra no hubiera podido soñar que tanta delicia e inocente recreo acabarían en designado antifaz de la muerte.

Pero criatura tan mansa de alma no estaba hecha para matar. Dos balas se perdieron, sin rozar siquiera al profesor. La otra hirió al técnico en un hombro. No era nada, cuestión de un par de días de hospital, dijeron en la Casa de Socorro. El doctor Mendía lo dejó confiado a los médicos y se volvió a su casa. Allí estaban los colegas, imágenes de inquietud y de anonadamiento sin saber qué hacerse, toda esperanza perdida. Dieron la enhorabuena al escapado.

—¡Gracias, amigos, gracias! La psicosis... delirio de grandezas... la manía de acabar con los que son más, y saben más. Una anormal, no hay duda. Lectora de novelas antiguas, religiosa fanática... inadaptada. Vecina de la *Ciudadela*. ¡Tenía que ser...! En ese ambiente... Pero por fortuna lo de nuestro ayudante no es cosa grave... Cosa de un par de días.

Un par de días, sí. Mucha suerte, sin duda. Pero sus planes se habían venido al suelo. El agente de la rectificación de error estaba en una cama de hospital. Y a la misma hora se irían alineando, en el Centro, más y más pilas de votos, militantes en las huestes rojas.

—¿Qué hora es? —se dijo el profesor—. ¿Las cuatro y media? Preguntaremos a ver cómo van las cosas.

Cogió el teléfono. Semblantes medrosos, silencio fatídico, le miraban hacer, los otros. No querían saber, ya lo sabían, lo que iba a venir del otro lado del hilo. Respondieron. El doctor Mendía escuchaba, absorto; inspiró aire, profundamente; corto de aliento, se quitó los lentes con la mano libre, cual si le estorbaran la comprensión.

—¿Cómo? ¿Veinte mil, veinte mil, dice usted? Gracias... gracias. Llamaré más tarde...

Largas las caras, esperaban, blancos dispuestos a recibir el dardo. ¡Nada menos que veinte mil votos —era la cifra que habían oído— de rezago; y aún faltaba hora y media! El profesor se puso en pie:

—Señores, llevamos veinte mil votos de ventaja... Sí, sí *llevamos*. El director predice que el plebiscito está ganado...

Diez miradas estupefactas le pegaban en el rostro, pájaros nocturnos, que atontados por la luz, chocan estúpidamente contra lo que tienen enfrente. A las cinco la delantera subía a treinta y cinco mil. Al cerrarse la votación el triunfo de los científicos estaba asegurado nada menos que por una tercera parte de los sufragios. Los señores de la Comisión, sacudidos por tanta vicisitud, iban y venían desconcertadamente por la sala, se dejaban caer en las butacas, sin ningún disimulo de su triste sometimiento a un estado emocional impropio de sus vocaciones. El dueño de la casa dio orden a un criado, que volvió con bandeja provista de vasos y botellas.

—Señores —dijo campanudamente—, la Ciencia ha triunfado. Es un día de júbilo para el Estado Técnico. La educación ha hecho lo que algunos escépticos no esperaban de ella... Celebremos nuestro triunfo, amigos míos. La bomba es nuestra. Aceptemos el reto. A ver si hay algo, aún, que se resista al rigor de la investigación científica. A ver si todo era pura broma, o si es que alguien se ha atrevido a querer hacer más que nosotros.

Como las botellas estaban taponadas a la antigua, para más propia imitación, estallaron en el aire dos o tres estampidos. En los vasos empezaba a burbujear otro, aunque menor, triunfo de la técnica, el puro, legítimo hijo de los laboratorios limpio de todo pecado de uva, el *neo—champaña*.

Unas horas más tarde el Regente despedía, en su biblioteca particular, al Presidente del Consejo.

—No hay duda, no hay duda, amigo mío. Es una victoria para todos. Para mi Gabinete también, el primero que tuvo la acertada iniciativa del plebiscito —dijo manejando de nuevo y con prudencia su sonrisa—, felicíteme al ministro de Educación. Admirable cosa, la técnica educativa... que ha enseñado en obra de pocos años a un pueblo a distinguir tan finamente entre la verdad y el error... El lamentable episodio de esa mozuela... Nada, los tribunales procederán... Yo mi parte, me inclino, usted me conoce, a una resolución lenitiva... Es la oveja descarriada, nada más...

El Presidente salió con muchos más ánimos que entrara. Aquel hombre, se pensaba, era extraordinario. Su flexibilidad, su prontitud para ver el lado justo de las cosas, ¿eran una técnica? ¿O más bien serían legado de aquellas tiras de apellidos insignes que pesaban ilustremente sobre su nombre de pila?

El Regente, hombre de costumbre, abrió su arquimesa, llenó un poco más que de ordinario la copa de cognac y, tomando otro volumen de otro anaquel de la librería, encendió el cigarro, puro habano, con toda la nicotina que la tierra y la planta habían querido depositar en él. Lo encendió con lenta sabiduría. Abrió el libro. Aquella noche no había acudido al florentino —lamentable fracaso— y requirió solaz de otro ingenio más cercano en el tiempo. Le gustaba leer en voz alta, con su irreprochable pronunciación francesa. Por eso, en aquel aire defendido y tranquilo, se alzó la voz de un sapiente personaje: "Porque —dijo Pangloss— todo esto es lo mejor posible, ya que si hay un volcán en Lisboa es que no puede estar en otra parte; y es de toda imposibilidad que las cosas no estén donde están, porque todo está bien".

X

LO SOBRENATURAL, EN MARCHA

Aquella noche misma, cuando la bomba X había sido ya entregada por la voluntad popular en el regazo de los hombres de ciencia, se movilizó un pequeño ejército técnico en el *Templo de la Paz* y sus alrededores. Había asegurado el Gobierno, para sosiego de la opinión, que el objeto misterioso ya estaba a buen recaudo; pero, en verdad, seguía donde apareció. Menester era empujarle ahora hacia el primer paso de su destino: la investigación minuciosa en busca de su secreto. Ello se hizo en las horas de madrugada, por legión de sombras, de vez en vez iluminadas por destellos brevísimos de faros, por luciérnagas de linternillas eléctricas, por rayos de proyector. Ninguna precaución se descuidó. Una grúa móvil, terminada en pinzas potentes y almohadilladas, alzó la vitrina entera de su sitio; descendió luego, sin soltarla de sus garras, una rampa que terminaba en la vasta explanada abierta frente a la fachada principal del *Templo*. Todo eran miradas vigilantes, rostros ansiosos, órdenes en sordina, sombras agitadas, celo, misterio, temor. El helicóptero estaba listo; un adefesio, ridícula hipérbole de mosquito, aguardaba a otro, ganso de acero pendiente en su pico una caja de cristal, que rebrilló en el aire nocturno. Se juntaron. Fábula monstruosa, grotesca ceremonia de pesadilla, en que una metálica alusión de endriago entregaba, poco a poco, haciéndola descender centímetro a centímetro, a otra metálica alusión de basilisco, un quimero diamante cuadrado, mientras un mundillo de pigmeos y chisgaravíes les danzaban alrededor, al son de una música siniestra de polea y motor. Se cerró la trampa. Al basilisco se le encendieron los ojos y le crecieron los bufidos. Se arrastró, y agitando unas alas risibles se alzó, con pretensiones de ave, por los aires.

No le duró mucho la travesía nocturna. Se posó en anchísimo campo, donde otros avechuchos mayores, parentela medrada suya, estaban quietos aplastados contra el suelo. Campo de aviación de la Defensa. Se acercó, en seguida, otra quimera; alguien le abrió las entrañas al basilisco, que se había quedado sin huelgo y sin ojos, y las garras de nuevo apresaron al diamante y traidoramente lo pasaron a lo hondo de una desmesurada pirausta, el gran avión. Seguía la estantigua agitándose en su torno; un grupo de ella —los sabios que irían escoltando, en avión segundo, la marcha del monstruo— embarcó en su vestigio. Con dos minutos de diferencia se despegaron de los suelos. Parecía que iban a la nada, a una nada superterrenal, a un cielo sin cielos, a una altitud maldita, por sin ángeles. Pero llevaban su rumbo, vigilado al segundo en esferas de treinta aparatos. Las gentes que vieran, desde sus caminos o moradas de la tierra, aquellas lucecitas rojas y verdes, flotando por la altura, ni podían soñarse lo que iba entre ellas.

Cecilia, en su celda, tenía pesadillas, veía puntos rojos, verdes, bailando ante sus pupilas. A las tres horas, bruscamente, se le pasó la visión. Acababan de aterrizar en el aeródromo de los laboratorios de la Defensa Nacional la pareja de monstruos, el diamante fatídico, el séquito de títeres, la bomba X, y los sabios, el secreto y sus enamorados.

Se había dado el primer paso amparado en la noche, sigiloso, medroso, agorero de lo que más se temía que se había.

Al día siguiente la ciudad amaneció anieblada; sus gentes, también. La atmósfera no hacía más que traducir, con la boira, el estupor que compartían los ánimos. Daban los diarios, en su neutro estilo, los resultados del plebiscito, cual si fuera un hecho más de actualidad. Y sin embargo, entre las frases vulgares y las cifras exactas, se entreleía, vagamente, otro texto, semiborrosas, incompletas las palabras, visible el sentido: inquietud, aprensiones, amagos. Inminencia. Pero ¿de qué? El plebiscito, la votación, proporcionó a los ciudadanos unas realidades concretas en las que podía emplearse su actividad, con visos de que estaban resolviendo algo, haciendo cosa decisiva y final. Pero ahora veían que sus actos eran el principio de otros, nada más: la famosa investigación llevada a sus últimas consecuencias. Y que este proceso de análisis y tanteos se haría lejos, secreto. La bomba empezaba a ocupar mucho más sitio que su material bulto; llenaba espacios imposibles de situar, los espacios del misterio, que pueden estar en cualquier lado, y no se sabe. Estallara o no estallara, tenía ya el ambiente dominado por sus efluvios de amenazante arcanidad.

Empezaron los hombres a percibir la peregrinidad del suceso, su deforme extravagancia. Porque bien mirado, ¿es que el hallazgo de aquel objeto era causa bastante, medido con medida de pura razón, para los efectos que desencadenó en el país? La bomba X, o lo que fuese, había erigido, allí en una sociedad volcada al culto supremo de la racional, consagrada enemiga de supersticiones e ignorancia del pasado, la mismísima fantasma del absurdo, la estrambótica figura enorme de lo irracional, que a cada momento se veía más crecida y poderosa, con mayor imperio sobre más número de espíritus. Porque en aquella elegida manera de vivir del E. T. C., ya lo simplemente natural, en lo que tenía de irregular y desordenado (¿es que no representa desorden que unos meses se den azucenas y otros no, que a tiempos haga frío y a tiempos calor?) y, por consiguiente, necesitado de corrección, inspiraba sospechas; y aquel punto de irracionalidad de la naturaleza, menester era someterlo a normas de razón, de suerte que hubiese azucenas todo el año, y el clima se uniformara, con una temperatura igual, de enero a diciembre; este era ministerio augusto de la Ciencia aplicada, de la técnica, con la cual se libertaría el hombre de las máculas que le vienen de ser producto natural, aproximándose, ya que llegar del todo a tan alta meta es imposible a la perfección del producto científico. Pues si ya lo natural inspiraba justa desconfianza, legítimo disgusto, ¿qué se iba a pensar de lo sobrenatural? En semejante reino, engendro de disparates, mina de paparruchas, todo eran fantasmagorías, ilusiones, entes de sinrazón, a quien nadie podía poner la mano encima, tan irreales e imposibles de existencia, que ni una sola de sus criaturas y creaciones había sido captada por una lente de microscopio o sorprendida en sus torres de viento por ningún astrónomo. Ocurría, además, que lo sobrenatural es al fin y al cabo hechura de la mente humana, ya que no se sabe de rinocerontes o gacelas que inventen cuentos, leyendas o mitos desbaratados para luego creérselos; y por ende, arroja gravísimo descrédito sobre la humana razón, al revelarla entregada sin pudor a los excesos orgiásticos de la sinrazón. Con lo natural cabían transigencias; era dúctil a la técnica, y con el tiempo se lo domeñaría, como manda la Ciencia. Pero lo sobrenatural, por ser pura irracionalidad, todo inexplicable, no se merecía cuartel, ni tregua; era el enemigo a muerte. Por ello el ministerio de Educación había proscrito, o iba desterrando, poco a poco, las materias dañinas o contaminadas. La Historia y Crítica del Arte, sustituida por la Técnica de las Artes Aplicadas, la enseñanza de la literatura por la Técnica de la comunicación oral y escrita, y así sucesivamente. Como el país era una democracia tecnológica, aún se toleraba la circulación y la lectura libre de obras de imaginación, aunque no se volvían a imprimir.

Y si todavía se permitían ciertos cultos antiquísimos, teñidos de emocionalismo, y en oposición con casi todas las verdades científicas, todo se andaría, y no en tanto tiempo como algunos se figuraban; y a pocas generaciones más quedarían extintos.

Pues bien, ese orden admirable, que iba alzándose cada día más definido en sus severas y poderosas líneas, el único que al cabo de tantas tentativas pasadas prometía, con la seguridad de la predicción científica, alcanzar la felicidad de todos y cada uno de los hombres —por obra de la mecánica y la química—, en obra de unos cuantos lustros, se sentía ahora inexplicablemente conmovido; la bomba había abierto un boquete en la firme estructura y por allí, insidiosamente, se coló, a modo de equina maquinaria griega, el adversario jurado, lo sobrenatural. Hay que decir la verdad: los ciudadanos del Estado Técnico sentían proximidad de algo inexplicable, amenaza de poder incógnito; indefensos estaban, con sólo el escudo de la razón, para lidiar con el advenimiento de la bomba.

Apuntaba el síntoma de más peligro para una sociedad bien trabada, y con firme asiento: el ejercicio de la imaginación. Si se le consentía excederse de la jaula donde las premisas racionales y los mandatos del bien público la tenían bien apresada, quién sabe los estragos que era capaz de causar. Invitaría a los espíritus inestables a seguir su plumaje multicromo, en sus revoladas caprichosas y sin brújula, por los aires, trastornando nortes y sures. Ya en conversaciones de café se sentía el soplo de su paso invisible, levantando interpretaciones prodigiosas de la aparición de la bomba. Ya sus plumas desprendidas caían sobre alguna cabeza de poco aguante, y alumbraban en su dentro alucinaciones y fantasmagorías. Ya dos diarios se habían salido con sendos artículos atreviéndose a conjeturas sobre el suceso abiertamente inadmisibles para el racional juicio. Así es como empezó siempre toda subversión de imperios y repúblicas: desamorándose de realidades, encantándose con ilusiones. El diario de la tarde publicó un editorial titulado: "Queremos saber". El Gobierno aprovechó la coyuntura para lanzar una nota oficiosa. En ella se invocaba a las deidades del presente: los hechos, las augustos hechos, los imperiales.

¿Y cuáles eran, según la actitud oficial? Muy sencillos: un objeto de condición desconocida y aparente a una bomba, a simple vista, se descubre un día, sin saber cómo ha llegado al lugar donde está. Pues bien, no hay más que dos dudas que resolver: una, de dónde proviene, qué manos desconocidas lo pusieron allí. Porque algunas manos han de haber sido, no habrá caído del cielo. La averiguación de ese extremo está encomendada al organismo correspondiente: la P. I. A. ¿Es que no tiene dadas la P. I. A. pruebas sobrantes de su capacidad investigadora? Descánsese, pues, en sus diligencias, ya bien adelantadas y que sólo por el azar de dos defunciones no han aclarado todo. Y la otra cuestión, el contenido de ese objeto, ¿puede estar confiada para su clarificación a mejor instrumento que al saber científico? ¿Acaso el pueblo se va a recelar de la eficacia de aquella incomparable actividad que es la base misma del E. T. C., la Ciencia? Pero tanto esta como aquélla —la P. I. A.— no pueden lograr sus resultados en un *cerraojos*; en eso se distinguen de la bárbara magia. Entera confianza y discreta paciencia, ésas deben ser las normas de la opinión. Siga cada cual en su trabajo; y, para mayor ocasión de distraer los ánimos, ciérrense los establecimientos de recreo y bebidas tres horas más tarde, y duplíquense los programas de cinematógrafo donde se exhiben películas documentales y biografías de sabios ejemplares.

El tenor de la nota impresionó. Las medidas de gobierno agradaron. Bajó de punto la ansiedad pública. Y más, con la promesa de dar diariamente partes oficiales sobre el curso de las investigaciones, así policíaca como científica. Cafés, salas de espectáculo, rebosaban.

A la hora de costumbre, las siete de la tarde, Cecilia en su celda, su madre en la casa de la *Ciudadela*, rezaban el rosario como todos los días.

XI
LA CIENCIA SE VE EN APUROS

Por ser el país de vasta extensión terrera, con amplias porciones casi deshabitadas, se pudo permitir el lujo de instalar los laboratorios de pirobalística con enorme desahogo de espacio. Sus terrenos ocupaban centenares de kilómetros cuadrados; allí había de todo, hasta un anchísimo lago para las pruebas de ciertos proyectiles submarinos. En el centro, corazón que daba vida al resto, los laboratorios. Todo el recinto lo cercaba una alambrada electrificada, y por encima los aviones de guardia vigilaban, sin pausa. Nadie sino escaso número de indispensable personal vivía a menos de doce kilómetros a la redonda. A la noche, la valla iluminada por reflectores era corona brillantísima rodeando misteriosa testa, toda tinieblas. No se parecía aquello a recinto alguno de los creados antes por el hombre; ni a castro romano, ni a comunidad conventual de la Edad Media, ni a resguardos de indios de Estados Unidos, ni a ciudad universitaria, entre praderas verdes. Se había separado aquella tierra, de las demás tierras de los hombres, para fines sabidos y secretos, a la par, para objetivos definidos y misteriosos. Magna y sin igual debía de ser la tarea que de ese modo se guardaba, como no se guardó nunca áureo tesoro ni persona de monarca. De aquellas semisoledades, descarnadas, sin planta ni flor, nadie sabía lo que iba a salir. Unos hombres se juntaban allí, en cumplimiento de un fin públicamente proclamado, pero cuyos modos de ejecución, cuyos pasos, superaban todos los secretos. Profesionales de la razón, se titulaban lo que parecían, apenas entraban en aquel ámbito conspiradores, hechiceros, sacerdotes de un culto conocido, la Ciencia, en unos templos visibles y con nombre, Laboratorios, pero su Dios arrebozado en cielos tan foscos y dudosos, que se le presentía con rostro inescrutable, o cara del Dios del bien supremo, o cara del Dios del supremo mal. Nadie ingresaba en aquel coto humanamente, por su pie; hacíanlo todos, o sobre ruedas en vehículos automóviles, o en alas de mecánica. Cobraba así aquel campo un cariz de inhumanidad, de un trozo de naturaleza que había pasado, sin intermedio, de la desolación despoblada a la habitación por máquinas, o gentes a máquina; de una terrible prehistoria cósmica, de lo prenatural, a la era de lo posnatural. ¿Cómo se podía pensar que allí hubieran sesteado pastores con su grey, que allí se hubieran asentado gentes, concebido criaturas, enterrados seres humanos? Semejante suelo no tuvo nunca la rúbrica más auténtica del vivir de los hombres: el camposanto. Y eso asustaba, más que nada; una tierra que no ha acogido a los muertos, que no ha servido jamás de madre última y regazo absoluto. El agua que por allí corría no iba al descubierto; ese suelo, siempre huérfano de arroyos, lo surcaban hoy tuberías, agua encañada. Las verticales, ni árboles ni campanarios; depósitos, torres vigías, gigantescas formas de acero para la radiocomunicación. Hijo todo aquello de un cierto momento de la historia, de un tiempo, sin embargo impresionaba como escapado al tiempo, a esa hermosa conciencia de lo humano que, sea en la floración, sea en el agosto, nos da lo temporal. Allí los esfuerzos no los ejercitaban manos, brazos, sudores; eran sus sustitutos maquinarias, mecanismos, fuerza, no del cuerpo, impulsada por sangre de corazones, sino de electricidad, impelida desde una central. Si a algo se parecía aquella obra de la fría razón, de la técnica despiadada, era a su opuesto: a visiones alucinadas, hijas del desvarío poético, a lienzos del Bosco. Los extremos se tocaban; del contacto salía, para el alma espectadora, siniestra luz.

El gabinete de prensa del Presidente del Consejo nunca había pasado por más apuro. Un parte oficial, cada día; el que la nación, de punta a punta, aguardaba con creciente curiosidad. ¿Y qué podían decir ellos, por muy agudos de seso y ágiles de pluma que fueran, si no tenían nada absolutamente que decir? Porque las comunicaciones de la Comisión Científica y las notas de la Jefatura de Policía se parecían en eso: en su vacuidad. No había pistas que destaparan el misterio de los portadores de la bomba a la *Rotonda de la Paz*, ni la bomba misma daba señas de su contenido, composición o probable potencia. Los funcionarios sometían al propio Presidente, dos, tres borradores del comunicado; los discutían con él.

—Pero, señores, esto no está claro. Aquí no se dice nada en concreto...

—Señor Presidente, tenga la bondad de leer los informes de las autoridades...

¡Bien leídos se los tenía! "Las fuerzas a mis órdenes trabajan sin descanso; hasta el momento nada nuevo tengo que participar a V.E". Eso venía de la Jefatura de Policía. Los laboratorios eran un poco más latos: "Continuamos aplicando al objeto

X todos los medios posibles de exploración. Nuestros equipos investigadores se relevan cada seis horas y se trabaja día y noche. Tan pronto como haya algún resultado tendré el honor de ponerlo en conocimiento de V.E". En efecto, ¿qué se podía sacar de semejantes materiales? Mucho era, si al cabo de horas de redactar, corregir, tachar, el primero pasaba al público en esta forma: "La P. I. A. ha ampliado ayer sus investigaciones a un nuevo campo de acción, que promete, en plazo no precisable, resultados, si bien de suma importancia, imposibles de prever. Esto no implica el abandono de las ya emprendidas pistas que, aunque no han rendido todavía los efectos plenos que de ellas se esperan, constituyen probables, y hasta posibles, fuentes de información relativas a aspectos —que por discreción no se pueden concretar— más o menos estrechamente relacionados con el asunto". De la nota de los científicos se sacaban mayores luces: "Prosiguen sin cesar los análisis del objeto X en los Laboratorios Centrales de Defensa. Lo más granado de nuestra intelectualidad científica trabaja incesantemente; se sabe de algún eminente físico que, por no abandonar el laboratorio, lleva trabajando cuarenta y ocho horas seguidas, sin ningún descanso. En el curso de las investigaciones se han usado aparatos de medición y pesaje inventados por nuestros hombres de ciencia, no conocidos fuera del E. T. C. Los resultados, si aún no pasan de provisionales, es de esperar sean definitivos en brevísimo plazo. Esta Presidencia se muestra sumamente complacida de la eficacia de la Comisión y así se lo ha expresado ayer por radiograma al Presidente, profesor Mendía".

Y verdad era que el profesor Mendía llevaba dos noches sin pegar ojo, no obstante haberse duplicado la dosis de tabletas dormitivas. Y a alguno más de sus colegas les pasaba lo mismo. El objeto X seguía allí, bajo la mirada de la Ciencia, como antes bajo los ojos de los ignaros, cumpliendo su misión de causar pasmos mortales, trastornar cabezas seguras, desconcertar a los más concertados. La excepcionalidad era su sino, desde el instante en que se hizo visible. Porque lo que sucedió, cuando los sabios empezaron su tarea de reducirlo a lo ordinario, es decir, de someterlo a pesas y medidas, válida para todo y para todos en este mundo, no tenía par ni con el más inaudito portento.

Dos ayudantes acarrearon, no sin cierto esfuerzo, la bomba hasta la báscula de precisión, último modelo: la llevaban cogidas las asas de la red que la envolvía. Era la primera, simplicísima, operación investigatoria; tan vulgar que se procedía a su ejecución sin la menor ansiedad expectativa. Se depositó con cuidado en la plataforma y los ojos esperaron el dictado de la aguja. La aguja ni se estremeció siquiera. Seguía en su cero, impasible. Extraño. Se pensó, lo primero, en un desarreglo del aparato; quitaron la bomba, pusieron en su lugar dos pesas. Y la máquina obedeció registrando hasta el miligramo. Todos callaban ahora, al procederse al segundo intento, absortos en la operación como si fuese de rara dificultad, haciéndose creer a sí mismos que habían visto mal, que lo que parecía haber ocurrido —porque ocurrir, realmente no era posible que ocurriese— no ocurriría más. Y ocurrió exactamente lo mismo. La sensibilísima báscula no acusaba, ni con el más leve oscilar de la aguja, la presencia del objeto. Como si no existiera. Como si en una pantomima de circo dos ayudantes hubieran fingido colocar sobre ella algo que se suponía llevaban en unas manos realmente vacías. El silencio se espesaba. Se adelantó el doctor Mendía, haciendo seña a un compañero, y entre los dos levantaron el objeto. No era fácil. Sus músculos acusaron la tensión del esfuerzo. Aquel bulto que para el más perfecto aparato de pesaje, para la Ciencia, no existía, les dolió en los brazos.

—Señores, vamos a descansar... —es lo único que dijo el jefe—. Se avisará la hora en que se reanuda el experimento, y el personal necesario. Hasta luego.

Se reunieron a consultar los principales. Pero ¿qué había que consultarse? El estupendo caso no tenía precedente. Los actos en la comprensión no podían entender nada.

Esta fue no más que la escena primera de la tragicomedia. Tan atónitos estaban todos que el doctor Mendía no se resolvió a más trabajo el día aquel. Y en los dos siguientes las mismas pavorosas decepciones se repitieron. El instrumental con el que se podía discernir cualquier secreto de la materia era absolutamente nulo contra aquel pedazo de materia. Golpeado con un percutor no devolvía son alguno; tocado con ácidos no daba reacción de ningún género; y aquel ruido, el tic tac incesante, que el oído más lerdo percibía golpe por golpe, no lo acusaba ningún registrador de sonido, ni los que captan el vuelo del mosquito. Ya no se permitía acceso al laboratorio más que a contadísimo personal, a las eminencias. Mal síntoma. Precaución previsora para que no cundiese la aterradora impresión del enigma inescrutable, que ya tenía dominados a algunos. Miedo a una desmoralización que estaba ya, tan perceptible como el tic tac, royendo las conciencias de los que habían asistido a los increíbles experimentos.

El doctor Mendía echó por la borda su actitud científica; huyendo del hecho pasmoso se acordó de su función administrativa y no se le ocurrió más efugio que acudir a la superioridad. Llamó por teléfono al ministro de Defensa, le expuso lo sucedido, con palabras tan torpes que hubo de repetirlo tres veces. El ministro se pensó que o él o su interlocutor padecían enajenación momentánea. También él recurrió al mismo arbitrio: telefonear al Presidente del Consejo. Y así por los hilos del teléfono iban, de oído en oído, las noticias más extrañas de sus vidas. Lo que se comunicaba por aquellos cordones metálicos no eran ya palabras: eran temblores, sobrecogimiento, terror novísimo, sin parangón con otros.

Leyendo estaba el Regente a Jenofonte, acompañando a los diez mil por las rutas de la retirada, cuando le enteraron. Convocó en el acto a todos sus Secretarios de Despacho. Creía conveniente, además, la presencia del profesor Mendía. El cual, con la cabeza a ratos insoportablemente cargada y a ratos insoportablemente vacía, era ya casi incapaz de pensamiento. Disponíase al descanso cuando recibió la citación del Presidente. Pidió un avión en seguida. Otra noche sin dormir. En su asiento se agitaba en inquieto duermevela. Su oído, hecho al zumbido de los motores del avión, esta noche le traía raras inquietudes: ¿qué era eso, no parecía que un motor había dejado de funcionar?

Se adelantaba al puesto de mando; todo iba bien. Abajo, de trecho en trecho, el alumbrado de las ciudades trazaba líneas, rasgos, incomprensibles garabatos sobre el negror. El doctor Mendía, de pronto, aguzó la mirada: ¡es que no se precisaban aquellos trazos de luz formando palabras? ¿Es que no decían algo, algún mensaje que todavía no se había descifrado? Sí, sí: ya creía empezar a atender sílabas, un vocablo, cuando el avión pasaba la ciudad, y el texto misterioso, y su sentido, se quedaban atrás, con el secreto a media entrega. Al aterrizar caminaba como sonámbulo.

El Regente recibió a su Gabinete, con la adición del doctor Mendía, a las diez de la mañana.

—Señores, me parece llegada la hora de acabar con este embolismo que tiene a ustedes, a la nación, y hasta a mí, a mal traer hace varios días. He recapitulado los hechos. Son sencillísimos; tanto, que si la historia hubiese tomado otro sesgo, desde el primer momento, todo habría podido pasar por una broma. ¿No es así?

El ministro del Interior apuntó:

—Cierto, Alteza. ¡Quién sabe si la culpa de todo no es de aquel desdichado que se murió de golpe al ver el objeto! Aquello dramatizó el caso...

—No diría yo tanto como la culpa, amigo mío. Pero, en efecto, abundo en su opinión: se ha dramatizado todo. ¿Y por qué? No olvidemos, y repito que soy el primero en defender los derechos sagrados de la prensa a decir lo que estime más oportuno, el efecto de la información periodística. Dos personas, la una en el otro mundo y la otra en este, dieron a nuestro caso ese tinte de emocionalismo. Y yo me temo, me temo que nuestros admirados y respetados científicos —echó su sonrisa y su mirada hacia el doctor Mendía— se contagiaron, una chispa a su manera, dicho sea con el debido respeto, de la infección ambiente.

El profesor abrió y cerró los ojos varias veces, muy de prisa, como cuando se desea aclarar la visión.

—Con la venia de Su Alteza, los científicos pensamos que todo lo desconocido es un reto a la razón, un desafío a la Ciencia. El ideal de esta es acabar con lo incógnito, lo irracional, que tanto daño ha hecho a los hombres, hasta que se explique todo, todo, absolutamente todo...

Alzaba la voz, se le enrojecía el rostro al decirlo, miraba a todas partes, cual si buscara un contradictor bastante atrevido para defender el derecho a la pervivencia de cualquier cosa que no hubiese sido mondada, hasta el hueso, de sus apariencias de incomprensibilidad o misterio.

—Todo, todo... todo... —profería, exaltándose en la repetición.

En aquella palabra se quedó un instante, como perdido, sin hallarle la salida...

—Perdone Vuestra Alteza... Quería decir que nosotros al hallarnos en la sala de pirobalística con el objeto X que, por el mero hecho de encontrarse allí, parecía entrar en la categoría de proyectil, no pudimos por menos de sentirnos espoleados a averiguar su contenido

Terció el ministro de Defensa en su ayuda. Porque el eminente sabio empezaba a suscitar algo así como simpatía compasiva a los presentes.

—Acaso, Alteza, los científicos pensaron además, en la esperanza de dotar al país con un nuevo instrumento de paz. No se debe desperdiciar ocasión de aumentar el poder de nuestros medios para mantener la paz, ya estática, ya dinámica.

—¡Cuán cierto, amigo mío! —añadió la gloria científica, cogiendo el cabo que le echaban—. Entre los orgullos del Estado Técnico está el de haber desposado con lazo indisoluble el Ejérci... perdón, el Personal de defensa de la Paz y la Ciencia. Ya nadie podrá tachar nuestros logros de teorías, o invenciones inútiles; todos ellos se traducen en el acto en nuevas —iba a decir *armas*, pero se mordió la lengua a tiempo—, en nuevas formas de asegurar la paz.

Algo raro le pasaba al profesor. Regente y ministros le acababan de oír expresarse con recurso a la retórica y parlando metáforas, que jamás se hubiese permitido en estado normal.

—Amigos míos —siguió el Regente— no vean ni asomo de reproche en mis palabras. Pero séanme sinceros. ¿Es que no se nota en el país un airecillo de duda, de recelo y casi de miedo? ¿No se acusa en la prensa? ¿No lo recogen los inspectores de conducta social, hace dos días? Poco es aún. Pero hay grietas por donde empieza a resquebrajarse la más fuerte estructura. Si hemos convenido en que nuestra religión es la fe en la Ciencia, que la base de nuestras acciones es su servicio, hay que evitar que la desconfianza cree heterodoxos, y hasta engendre herejes. No quiero decir que me sienta alarmado. Pero sí diría que percibo una situación de peligro potencial para nuestra sociedad.

Silencio, muestra aprobatoria de todos.

—Creo, por ende, que el doctor Mendía debe reintegrarse a su puesto, intensificar su investigación. Él y los suyos tienen entre sus manos uno de los momentos más críticos de nuestra historia. Lo llevarán a bien, estoy seguro —añadió asestándole la más penetrante de sus sonrisas—, pero si, por cualquier razón, dentro de dos días no se ha logrado dar con una explicación científica del objeto X, opino que se impone una campaña de *racionalización* del suceso. ¿Ustedes me entienden?

Le entendían a medias; no querían entenderle más. Asentir a su punto de vista equivalía a confesar que los administradores de la razón nacional llevaban varios días siendo —y muy seriamente— gestores de sinrazones; que ellos, el Gobierno del Estado Técnico Científico, los otros, los sabios mayores y menores, los de más allá, el pueblo que los escuchaba y obedecía, pensando todos que marchaban entre los carriles trazados por el más severo razonar, no sabían por dónde se andaban o, más aun, habían echado por esos trigos. Sus actos de gobierno los creían procedentes; concatenados uno a otro con estricta lógica. ¿Cómo admitir que partían de una insensatez y, por consiguiente, que la racional concatenación era una sarta de desatinos? Incurrían en el pecado magno de la acción humana: no regresar al punto de partida, al motivo, para convencerse de su plausibilidad o su absurdo y así saber, de una vez, si tanto esfuerzo en el hacer no se ha aplicado al disparate. Supóngase, se decían ellos para sus adentros, intentando remontarse, que reconocemos cómo todo aquel embrollo lo engendraba causa o cosa tan simple como la aparición de un objeto en un museo. Queda ya así el hecho situado en su estricta realidad, y nuestra razón, en parte, satisfecha. Pero, entonces, ¿cómo se explica que suceso tan trivial hubiese sido, en el acto, desmesurado de tal suerte, inserto en una atmósfera de misteriosa inexplicabilidad? No, la razón de tanta irracionalidad se les huía porque la explicación de un punto inexplicable engendraba otro, igualmente imposible de explanar. La angustia temerosa volvía a sobrecogerlos. Al laberinto le nacían, a cada paso que por él se quisiera dar, codos y recodos. Estaba en lo justo el Regente. Se imponía una campaña de *racionalización*. ¿Cómo?

El Regente lo expuso con su lucidez habitual: así como en los antiguos regímenes se declaraba, en casos de peligro, un estado de sitio, con suspensión de las libertades normales, si a los dos días no llevaba el asunto visos de aclararse, cumplía declarar al país en estado de irracionalidad y anunciar que se hallaban en suspenso, temporalmente, aquellos derechos ciudadanos contribuyentes de uno u otro modo a semejante peligrosa situación. Ya podía el Presidente ir preparando el correspondiente decreto, que él lo firmaría en cuanto se lo presentara.

Pero ni el Presidente, ni sus ministros, penetraban bien la intención del Regente. Demandaron respetuosamente aclaraciones. Se alzó, dominando la escena, el ilustre descendiente de la familia Viridimonte, rica en estadistas duchos y sagaces. Sin que lo notaran, detrás de él, la proscrita enemiga del E. T. C., la Historia, volvía a arrostrarse con ellos; su figura traspillada surgía, dictando normas salvadoras a tan novedoso Estado. Era la antañona sabiduría, sobrepujando a la técnica moderna. Se prohibirían —expuso Su Alteza— provisionalmente, en virtud de la declaración de estado de irracionalidad pública, todas las noticias, comentarios y alusiones al objeto X. Se comunicaría, tan sólo, que la supuesta bomba resultó ser artefacto inofensivo; de ahí lo innecesario, o dañino, de seguir ocupándose de ella. Convenía, para distraer a la gente, *crear un suceso* —por supuesto, dándolo como espontáneamente producido— por los técnicos de conducta social. Y con objeto de atraer la atención de las masas se ofrecerían, a título de información retrospectiva, una tanda de películas americanas, de asuntos imaginarios y gran copia de peripecias. También podían ponerse en circulación bajo el mismo pretexto, media docena de libros incluidos en el Índice Científico Social, por ejemplo la *Odisea*, *Don Quijote*, *Fausto*, *Alicia en el país de las maravillas*. Tan sólo, claro está, mientras rigiese el estado oficial de irracionalidad. Y aquí venía lo más gordo: en cuanto a la madre del cordero, la dichosa bomba, se darían por finiquitos los experimentos y la arrojarían al mar, en secreto, a dos mil kilómetros de la costa.

Nada complace tanto al Poder Ejecutivo como que se le brinde materia fresca en qué ejecutar. Por eso el Gabinete se reunió, a renglón seguido, lleno de entusiasmo. El Presidente, a redactar el proyecto de suspensión de libertades; el ministro de Educación, a circular las órdenes para que se sacaran de los archivos las películas de más éxito entre 1920 y 1950 y se exhibieran ante una comisión selectora, aquella misma tarde; el de Interior, para esbozar un proyecto de suceso susceptible de interesar a la gran masa social. Ya tenía una idea: el robo —ficticio desde luego— de un banco, realizado al gran estilo de un atraco americano del

1940, a los ojos de todos, y seguido de una semana de persecuciones empeñadas, capturas brillantes y recobro del dinero. La Prensa, con tema tan preñado de posibilidades, podía hacer milagros, encadenando con las peripecias la atención pública dos o tres semanas.

Pero ¿qué le quedaba al doctor Mendía en aquel reparto? Ya lo había dicho el Regente: uno de los momentos más críticos de la historia nacional estaba en *sus* manos. Porque las manos de la Ciencia eran pura imagen, extremidades sin carne ni hueso, de alegoría. En verdad eran las suyas las que asumían su plena representación. Allí, en el avión que le devolvía a su puesto, se las miraba y remiraba. En su subconsciencia echaba falta de una figura archiconocida en el folklore de las antiguas naciones atrasadas, morena ella de carnes, con pañuelo de colorines ceñido al talle cimbreante, y habla ceceosa: la egipciana, que lee las palmas y dice la buena, o la mala, ventura. ¿Qué diría aquella línea, por ejemplo, que acababa a medias de su carrera por la carne? Y el sabio *protipo* hacía los primeros torpes pinos, sin saberlo, por la senda de la quiromancia. Detrás de él, incorpórea figura, noble presencia hecha de sombras, una matrona augusta, de facciones clásicas y vestimenta helena, le miraba, con tristísimo semblante, a las manos: era la Ciencia, que se contristaba al ver cómo uno de sus hijos primicerios se escapaba del redil de su autoridad para irse en malos tratos con esa pécora, mortal enemiga, la Superstición.

Como el Regente no alteraba sus hábitos por nada, llegada la hora, acomodado en su poltrona y entre sorbo de cognac y chupada de habano, empezó la lectura. Esta noche había elegido texto de los más condenados por la ideología del E. T. C., por ser modelo de despropósitos y ayuno de toda utilidad para la mente. Empezó por la primera página —lo que rara vez hacía—: "La razón de la sinrazón que a mi razón se hace de tal manera mi razón enflaquece, que con razón..."

XII
LA QUÍMICA Y LA ÉTICA

Una sociedad organizada como es debido, como manda la técnica, se complace en las jerarquías, respeta la superioridad. Por eso el personal de los laboratorios del P. D. P. (Personal de Paz) aguardaba ansiosamente el retorno de su jefe. Sus dos inmediatos colaboradores le esperaban en el aeródromo y le clavaron las miradas, a ver si algo se le leía en el rostro. ¡Mala leyenda! Fatiga, desaliento y hasta cierto como extravío, que la forzada sonrisa salutatoria acentuó aun. Citó a los nueve científicos de la Comisión para dos horas más tarde.

Expuso allí lo que más le afectaba de la entrevista con el Regente; la decisión gubernamental de que si en dos días no lograba analizar satisfactoriamente el objeto X habría que rendirse. Así, rendirse. Y entregárselo a los profundos del mar, bochornoso desenlace que arrojaría mancha de incapacidad e impotencia sobre el cuerpo sapiente del Estado Técnico Científico. ¿Qué más daba que a la opinión se le ocultase lo sucedido? Ante el Gobierno, ante sus propias conciencias, el saber científico, base de la vida humana, quedaba infamado, deshecha su autoridad, hundido en el vilipendio. ¿Con qué caras podrían mirarse unos a otros? No se daba cuenta el orador de que ya las caras con que se estaban mirando dejaban, mucho que desear; los sabios se veían, cuál más cuál menos, rostrituertos o cariacedos. Deseaba el Presidente escuchar el parecer de todos. Hablaron. Uno sostuvo que, al fin y al cabo, no había por qué desanimarse; se debía seguir con los experimentos, repitiéndolos cuantas veces fuese preciso, hasta que dieran resultado. La tenacidad es la mano derecha de la experimentación, había dicho alguien.

—¿Pero el plazo, amigo, y el plazo que el Gobierno nos marca?

—Eso es política, vieja política, impropia de nuestro tiempo. Para la Ciencia no debe haber plazos... Protestemos... elevemos...

La invitación a elevar, no se sabe qué, se desplomó por los suelos apenas formulada. Nadie se sentía, por lo visto, en trance de elevación.

Entonces, la sierpe que nunca descansa, la que está de servicio —servicio del mal— veinticuatro horas al día y cien años al siglo, desde su primera brillante operación en el primer inocente, cuando usó de tan vulgar herramienta como una manzana para poner en marcha la gran máquina de la humanidad, se le acercó al oído al profesor Almonte, eminencia de la Química mundial. Sin duda por ser la Química autora de innumerables mixturas, y pasarse el tiempo ensayando mescolanzas y componendas con las más opuestas sustancias, fue su representante el elegido:

—Señores, creo que ese descrédito que sobre nosotros caería puede limitarse mucho en su radio de alcance... Yo estoy con el compañero —señaló al preopinante— en que se debe seguir y seguir, repetir y repetir, sin desaliento. La Ciencia no puede fallar. Pero nos encontramos con el plazo. Si, en último término, el objeto de nuestro estudio ha de ser arrojado al mar, declarándonos incapaces de averiguar su composición, lo que nos coloca en difícil postura ante el Gobierno, ¿por qué no ser nosotros mismos quienes la hagamos desaparecer, sometiendo antes un informe en que se diga que la bomba, por fin, pudo ser analizada y resultó un modelo anticuado y sin interés, de instrumento preatómico? Así todo quedaría entre nosotros. El prestigio nacional de la Ciencia no sufriría, y los políticos no podrían mirarnos de arriba abajo.

—Pero eso es una falsedad —replicó el más joven de las eminencias—. Es reconocer el fracaso de la Ciencia...

—Perdón, amiguito —dijo el químico—. Usted es muy joven. Es fracaso de la política, no de la Ciencia, puesto que ella nos impone ese plazo intolerable. Yo diría que es un modo digno de contestar a una coacción. Nadie duda que si se nos diera tiempo acertaríamos.

Ahora la sierpe se había arrastrado hasta el Presidente y elevando la cabezuela hasta su oreja le silbaba allí, capciosamente:

—Añadiría yo que la propuesta del doctor Almonte es más digna de consideración si se piensa que no aspira a defendernos a nosotros, a nuestras personas, sino a lo que vale más que todos juntos, a la Ciencia. No usaremos este recurso por salvar nuestro prestigio, sino por salvar el suyo. Que es salvar al país.

Ya se sentía el peso de la tentación inclinando los ánimos hacia el parecer del químico, o sea el promiscuo gatuperio. Pero entonces se alzó de su asiento, aunque nadie lo había hecho antes para hablar, la doctora Coronado, la más célebre de las mujeres de ciencia y, por eso, de todas las mujeres de la nación. Alta, sacudida de carnes, de rasgos faciales huesudos y señalados, con ojos graves y ardientes, vestía con austera simplicidad, negando a la vista cualquier signo de corporeidad femenina, si es que lo tenía. Todos la respetaban por la devoción que puso en los actos de su carrera científica, objeto de una película educativa de gran éxito que ella, por cierto, se negó a ver, modestamente. Sus primeras palabras se le clavaron a la sierpe, inspiradora del químico pasteleo, como agujas ardientes.

—¡Fraude, fraude...! ¡A eso nos invitan ustedes! A traicionarnos a todos los que somos sacerdotes, a venderla, a ella, nuestra diosa, la Ciencia, a los políticos. Si ella es la Verdad ¿cómo la vamos a vestir de mentira? ¡Nunca, nunca! No lo consiento. Si eso prevalece gritaré por todo el país, lo denunciaré desde los tejados, lo...

La sierpe se retorcía entre sufrimientos atroces. Los sabios, estupefactos, achicados por el tono fogoso de la opinante, no sabían qué decir... Por fin el Presidente cortó la vena de indignación exclamatoria de la señorita Coronado con una pregunta:

—Entonces, ilustre amiga, ¿qué solución nos ofrece usted? Soluciones es lo que necesitamos.

Se lanzó el diligente ofidio sobre la coyuntura, como un rayo; poniéndose a la vera de la doctora se irguió hasta su oído.

—¿Solución? No hay más que una.

La palabra les estremeció a todos. ¡Una! Sonaba a fatídico, a inescapable sino; la esperaron con el aliento cortado.

—No, no ha fracasado la Ciencia, eso es una herejía. Ella nunca fracasa, es el acierto mismo. Nosotros somos los que hemos fallado. ¿Por qué? Porque, sin duda, no somos todavía bastante puros, porque no sabemos servirla como nos pide y por eso nos ha negado ahora su luz. Lo que pasa, aunque a ustedes les duela, es que no somos dignos de ella, que la interpretamos mal y luego le echamos la culpa. ¡Fraude, nunca!

—Pero ¿y la solución? —interpuso la flaca voz del doctor Mendía.

La profesora tronaba, relampagueaba, en sus acentos al contestar, como si viniera su numen de las cimas:

—¿Es que no la ven ustedes? ¿No está clara? Si la Ciencia es nuestra religión, ¿no hemos de rendirle todos los sacrificios? ¿Qué valemos, si no le somos útiles ya? ¿No se merece castigo nuestra torpeza? Esta Comisión no tiene más que un recurso decoroso: ofrecerse, con la totalidad de sus vidas, en el altar de la Ciencia.

Se retorcía la culebra, de puro gusto, a los pies de la oradora. Los sabios se miraban unos a otros. Las mujeres hablan siempre *atorrentando* las palabras, y escondiendo las ideas con su espuma. Por eso no acababan de entender del todo, aunque la sospecha era tan potente que casi comprendían: lo que la doctora aportaba al debate era la propuesta del suicidio colectivo de la Comisión Científica. Nada menos.

¡A eso se había venido a parar!, se dijeron para sus adentros más de dos circunstantes. En hermosa vigencia de la ideología técnico—científica, alzaban la cabeza —y precisamente en la carniseca y adusta persona de la doctora— monstruosos vestigios de prácticas bárbaras y cultos supersticiosos: la legión tebana, los teocalis aztecas, el japonés harakiri. Triste visión aquélla: una mujer que se había negado en su existencia ejemplar, todas las debilidades propias de su naturaleza, contacto de varón, afeite con coloretes, sueño en hijos, posesión de espejo, y ahora de súpito reventaba de femineidad, estallaba en pasión, llenando todo el ámbito con el más vulgar emocionalismo mujeril.

—¡Admirable, admirable! —pronunció el Presidente, adelantándose hacia ella y estrechándole ambas manos con vigor—. ¡Admirable! Cuente usted conmigo... Vamos, se entiende, si todos estamos de acuerdo. Para tal heroica resolución lo menos que se pide es la unanimidad.

La segunda parte del cálido pláceme mitigó en los oyentes el sentimiento de pavor que causara la primera.

—Doctora, ¿no le parece a usted —intervino uno de los presentes—, y lo digo sin el menor propósito de vejación, que incurre en pecado de idealismo? Nunca he conocido a ningún idealista, pero viéndola a usted hablar...

El Presidente comprendió que, echada por ese camino, la discusión se volvía peligrosa; había que cortarla.

—Bien amigos, bien. No enfriemos el entusiasmo que nos han inspirado las palabras de la doctora Coronado. Pero antes de proceder más allá acepto la primera proposición. Tengamos fe en la persistencia. Se van a repetir todos los experimentos, uno por uno y las veces necesarias, sin descorazonarnos por los resultados. Si a los dos días aún no se ha logrado nada, será llegado el instante de la resolución final. ¡Al trabajo todos!

Aquello de la resolución final desasosegó a más de uno. Final ¿de qué? ¿Del magno enredo de la bomba, en que se veían, o del otro, enredo, de días con días, alientos con alientos, noches con noches, convencionalmente llamado vida? ¿Aludía su jefe al lanzamiento secreto al mar del objeto X, ejecutado por ellos solitos, sin conocencia del Gobierno, o a otro, al despeñamiento voluntario de sus personas por una nueva roca Tarpeya, la de la Ciencia?

Se empezó la paciente repetición de las pruebas. Veinte veces tornó la bomba a la báscula; veinte veces siguió la aguja inmóvil. Los rayos infrarrojos, las radiaciones caloricas, la fonometría se encarnizaban con perfecta regularidad sobre su objeto: el cual permanecía indiferente, como la bella durmiente en su lecho, insensible a todo lo que le andaba por alrededor. Los manipuladores de aquel instrumental y encargados de anotar los resultados, invariablemente iguales —nulos—, sentían cómo el objeto X, aunque seguía delante de ellos, se iba distanciando más y más de esta realidad en que todos vivían y en la cual también él parecía estar inserto. Porque cada fracaso de aquellos intentos de pesarlo y medirlo por los métodos a que se rinde cualquier materia terrenal insinuaba en las mentes recelos y suspicacias absurdas, que lo alejaban del mundo de lo conocido o cognoscible. Y como todos se apartaban, psicológicamente amedrentados, de su presencia, parecía que era él el que poco a poco retrocedía, en incesante retirada, hacia una desconocida esfera en la cual debían de regir otras leyes que no estas, por la Ciencia consideradas como inmutables y sagradas, que gobiernan la conducta de la materia terráquea. Con lo cual se iba a parar a desastrosa duda del ánimo: ¿es que, entonces, había por encima del repertorio de realidades escrupulosamente registrado por la Ciencia, desde la galaxia al átomo, y conocidas a fondo, algo, otra cosa, situada en utópico más allá, que escapaba al acoso implacable de la razón y su técnica, quebrándose, así, todos los supuestos en que orgullosamente reposa el hombre moderno y el Estado Técnico Científico? Por eso la bomba, no obstante estar allí a su vista, horas y horas, en lugar de hacérseles familiar se volvía más y más extraña. La razón investigadora llevaba ya perdidos todos los encuentros que con ella librara. Y ahora empezó a hacer víctimas entre los titulares y portadores de la tal razón en este mundo, los hombres sapientes o animales racionales.

El doctor Solinde, un joven de gran promesa, ayudante de Mendía, sentía cosas raras: los contornos del objeto, que ya debía sabérselos de memoria, se deformaban, cobrando una elasticidad alarmante; el bulto se achicaba, asustando a la vista, que temía verlo desaparecer; o crecía, hasta llenar todo el ámbito del laboratorio, chocando con techo y paredes. El color iba desvaneciéndose, hasta la apariencia marfilina, o se exaltaba en amarillos, terminando por temblar en pura llama. Primero se lo tuvo callado, luego señaló aquellas deformaciones a sus compañeros, muy sorprendido de que no las apreciaran como él. Pidió que avisaran al jefe y enardeciéndose, por las negativas de sus colaboradores, embistió contra ellos, puños en alto, vociferó, dementado. Fue el caso primero de enajenación. Pusieron al desdichado a buen seguro.

El doctor Mendía se comunicó, telefónicamente, con la superioridad. Ya le había estado dando vueltas en la cabeza una ocurrencia, de tal momento que no la quiso compartir con ningún compañero: lo que él llamaba, en su fuero interno, "la amenaza Coronado". Ahora mataría dos pájaros de un tiro. El señor Presidente se andaba muy tonificado, a esas horas, por la puesta en marcha del proyecto de racionalización; apenas oyó al doctor Mendía, volvió a sentir sobre su cráneo otro de aquellos golpes que el objeto X venía asestando, a diestro y siniestro, desde que se presentara en escena. Desde luego, respondió: en seguida daba órdenes para que del hospital psiquiátrico más próximo se enviara personal a hacerse cargo del enajenado ayudante. En cuanto a lo de la doctora, más delicado era, pero no había otro remedio. A la mañana siguiente llegarían dos policías, gente conocida, a cumplir con el mayor tacto las órdenes que él, por sugestión del doctor Mendía, les iba a dar: trasladar a la capital a la doctora Coronado y mandarla a cualquier parte, lo más lejos posible, con una misión especial. Sí, era un peligro...

Mientras tanto los experimentos continuaban, vuelve que te vuelve, a modo de noria, que no para de intentar subir agua de un pozo vacío. Cenaron los sabios mayores, cambiando apenas palabras, con escasa estima de los manjares que les ponían en la mesa. Se adensaba en el aire una atmósfera de inminencia, pesando sobre los espíritus igual que gravitaría sobre los pulmones un progresivo enrarecimiento del aire. Eso era: los cerebros no podían respirar; se retiraron pronto, en busca de descanso aunque con poca esperanza de él. Eran las nueve de la noche.

El Regente, sentado a su solaz diario, aquella escapada hacia atrás, saliéndose por los secretos portillos de los libros proscritos en su Estado, e inclusos en el Índice de lecturas prohibidas por sus ministros, paladeaba, mezclado con los sabores añejos depositados en aquellas páginas, el gustillo picante de esa regia clandestinidad. Había ido a buscar reposo en tal día como aquél, más lejos que nunca, en Eurípides. Y no se sintió seguro de haberlo encontrado: "¡Ay de mí —palabras de Creón—, qué he de hacer! ¿Llorar con amargas lágrimas por mí, o por mi ciudad, a cuyo alrededor ya va adensándose un enjambre bastante espeso para enviarnos al Aqueronte?"

XIII
LA BOMBA SE REVELA

El sabio insigne que tenía en sus manos el momento más crítico de la historia de su patria — las palabras del Regente perseveraban, asistían, indelebles, en su conciencia, vívidas a toda hora— no podía dormir sueño. Efecto de los somníferos se traspuso, por breve rato; pero a las doce decidió salirse de la revuelta cama, ir a cualquier lado, a distraerse con una revista, o con la radio, en el salón. Extraño: había luz. Y la radio estaba puesta, y una persona sentada en una butaca: la doctora Coronado. A esas horas se trasmitía música, casi siempre de baile. De sorpresa en sorpresa iba el mundo desde hacía unos días; otra aguardaba aquí al profesor: con templar a su femenina colega, mundialmente gloriosa, importantísima colaboradora en la fabricación de un nuevo instrumento de paz, de efectos más amplios y expeditos que la que se llamó en su día bomba atómica, a aquella estampa del ascetismo científico, moviendo gentilmente la cabeza de un lado a otro, obediente al compás de la orquesta, entornada la mirada, sonrosados los carrillos y sonriente, sin reserva, de comisura a comisura. No podía negarlo: ella, que jamás pisara un salón de danza, ni incurriera en pecado de tripudio, estaba, aunque en ausencia, bailando. Hasta se le agitaban levemente los hombros, siguiendo a una pareja inconcebible que indudablemente la llevaba prendida en sus brazos. El doctor Mendía tosió, por discreción; pero ella no se dio por azorada. Sin levantarse, con ademán de sencilla elegancia propio de dama de gran mundo, alargó el brazo señalando asiento al colega:

—Siéntese, amigo mío, siéntese... ¿No es deliciosa esa música? En semejante noche, ¿cómo dormir? Es muy hermosa, demasiado hermosa, para olvidarse, querido amigo.

Le miraba con ojos ardientes, iluminados por rara lumbrera interna; y su acento se revestía, también, de ternuras que nunca se le conocieran. El doctor no sabía qué decir: ni qué decirse. Se acomodó, sin hundirse del todo, en las profundidades de la poltrona, medio en el borde, como el que está pronto para alzarse, al primer barrunto de peligro. Ella seguía cabeceando, deshecha en sonrisas de deleite, con los ojos abiertos, que recorrían toda la habitación, posándose en cada cosa, como si las descubrieran. En este circular recorrido, caían a su tiempo, cada cuarenta segundos, sobre el propio profesor, llenándole de perturbadora inquietud, confundiendo más y más sus ideas. Por decir algo, rompió el silencio. Y no diciendo lo que se había propuesto decir, sino otra cosa que se le vino a los labios enviada por inexplicable numen, de súpito, cuando otra vez le correspondió verse tocado por los ojos iluminados de la doctora:

—¿Usted sabe leer las rayas de la mano?

La señorita Coronado no procedió como hubiese sido de esperar en todos los restantes momentos de su vida pasada; esto es, mirando con desdén a quien le preguntaba semejante paparrucha y marchándose del cuarto ofendida. Muy distintamente:

—Pues claro, amigo mío, pues claro... ¿Por quién me toma usted? No sólo la quiromancia sino la espatulomancia y, sobre todo, la metoposcopia, debían llamarse ramas científicas y no artes. Las he practicado toda mi vida. ¿Quiere usted que empecemos por lo metoposcópico? A ver, acerque usted la cara.

Mendía, como fascinado, se alzó del asiento y fue apropicuándose. Pero a mitad del camino recobró con ciencia, en parte, y dijo:

—No, dejemos la metoposcopia para más tarde. Un poquito de quiromancia bastará...

Y entregó su mano a la de la doctora, que quemaba. Como la cabeza de Mendía regía sólo a medias, no advirtió que ella ni siquiera se puso las gafas para escrutar su palma, a pesar de que bien sabida era su cortedad de vista.

—Tráigase, tráigase un taburete. Puede que sea largo.

Obedeció. Allí estaban las dos glorias científicas, a las doce y cuarto de la noche más importante de la historia, remedo de pareja de mozuelos sin seso, inclinados sobre una mano, solicitando auspicio.

Había terminado la música de danza en la radio. "Para descanso de nuestros oyentes interpretaremos el poema sinfónico de Ricardo Strauss, *La vida de un héroe*".

—Déjeme, déjeme, estire bien, que se descubra toda la palma...

El doctor, por fin, descansaba. Profundo, reparador descanso, después de tantas horas de angustia y trajines mentales. Los dedos huesudos de la vaticinante le comunicaban, sin duda, la suavísima corriente de serenidad que le corría por todo el ser; olvido, olvido de la bomba, del Regente, de las palabras del Primer Ministro, del plazo, de la tabla de pesos químicos, de la tabla de sumar. Al entregarse a aquella absurda lectura se desvivía; regresaba a un estado de dichosa preconciencia donde el saber, o existente, ni pesa, ni engríe, ni atormenta. Todo lo que había que conocer estaba fuera, en la otra persona que tenía su mano tomada; para vivir ahora bastaba con esperar, esperar sin prisa, la palabra de revelación. Uno era un texto, pasiva superficie que no sabe lo que tiene encima, ni responde de ello; que no lee sino que le leen, que no hace, sino que se deja hacer. Su razón vacaba dejando en su ser entero impresión pareja a la de un miembro dolorido cuando se le desaparece de pronto la dolencia y se siente libérrimo y sin servidumbre. De haber sido capaz de autoanálisis, en aquel instante él mismo habría dicho que la doctora le había liberado de la facultad raciocinante y de todos sus graves oficios. Tan puro ese estado, que ya casi se tocaba con el de la prima infancia.

—Sí, querido colega, sí —decía ella, hablando al mismo tiempo que recorría con empeñada atención, aunque nada podía ver por su presbicia la palma del profeso—, esta ciencia ya la ejercitaban en Caldea y Asiria. Y en ella se hizo célebre Melampo, mítico curandero. Aprendí yo algo de ella en un tratado del Renacimiento... ¡Precioso ejemplar veneciano...!

Aquí soltó al doctor y se quedó mirando al vacío, arrobada:

—Me parece que le estoy viendo aún. Lo compré en una subasta en el Hotel Druot, en París. ¿Prodigioso París, no es verdad, amigo mío? Aquellos modistas... Pero volvamos a nuestra lectura.

Todo lo que decía tenía para el doctor delicioso sonsonete de arrullo; porque no entendía nada.

—Vamos a ver... No está mal, no está mal, la línea saturnina... la hepática es interesante... Piense usted, admirado amigo —intercaló—, que el libro sagrado, el de Job me parece, abona nuestra ciencia en el versículo que dice: "*In manu omnium Deus posuit signum...*"

La corta inteligibilidad de latines del doctor Mendía aumentó la sensación de nana, emanante del palabreo de la quiromancia, la delicia de irse aniñando más, de vivir en otro, de enajenarse.

—Ahora, ¿cómo nos explicamos esto? Palmaria contradicción (oportuno el adjetivo, ¿verdad?). Porque la raya de la longevidad le asegura a usted existencia longísima, de patriarca. En cambio la de la vida dice que... ¡Ja, ja, ja!

Las risotadas eran tan sonoras que Mendía sintió la razón, despertada por ellas, volver, aunque no del todo, a su cabeza miserable.

—Pues dice, ¡ja, ja, ja!, que va usted a morir muy pronto... ¡Quién sabe si esta noche misma!

Rodaban por el aire, llevados en son de heroicas trompas, de exaltados violines en coro, las notas del poema de Strauss. Los dos se pusieron en pie de pronto. El profesor, desenlazada la mano, miraba en pasmo a su interlocutora. El ya discurría, lúcido. Las frases que llevaba dichas la doctora las oyó, sin entenderlas; volvía ahora a repetírselo, él solo, entendidas y con toda su increibilidad. O el mundo había dejado de ser el mundo o la doctora era incapaz de saber aquellas cosas y proferirlas por sus labios. Las ondas de dulce alivio que le provenían un momento antes de las palabras no comprendidas se trocaban, en cuanto al comprenderlas se le hacían de imposible realidad, en oleadas de terror.

—¿Oye usted, oye usted? Es la orden... Y esta la noche... Salgamos, salgamos... Es la noche de vela.

¿Oponerse? No, era mejor fingir, ceder. No sabía bien el profesor lo que le ocurría a ella, ni lo que le pasaba a él, pero algo como un eco de razón, percibido entre nieblas, le dictaba la prudente conducta. Salieron.

Negrura densa. Cielo clarísimo, estrellas que cantaban su luz, de limpias y potentes. Lejos, la banda de iluminación artificial que circundaba el terreno acotado marcaba mágico círculo, sin salida posible. Y un zumbido constante, que crecía y amenguaba y volvía a crecer: los dos aviones, que en dirección opuesta vigilaban el campo, a quinientos metros de altura. Difícil soñar en lugar de más fantasmagoría que aquella fortaleza de la Ciencia.

—Estamos en el recinto del Castillo, amigo mío. Ya supe yo, cuando usted me felicitaba esta tarde, que era de temple de héroe. ¡Así, así se acepta el morir! ¡Qué noche de vela de armas! Aunque —dijo cambiando bruscamente de tono— valdría más morir como héroes modernos, conforme a nuestro tiempo. Ninguno se negará al sacrificio, ¿verdad? Sentémonos aquí, hay que reflexionar en el modo...

Entre cobardía e inconsciencia, él acataba sus deseos, sin que nada se le resistiera. El asiento era anguloso pedrusco.

—¿No te parece —siguió apeándole ya el usted que para mayor ejemplaridad nuestra muerte debía ser pública? Sí, sí... ya lo veo... Los nueve al pie del monumento a la Ciencia, en la escalinata ... Pero no hoguera, no... Es arcaico... Cuchilla tampoco...

Se tocó en el pecho, acariciándose algo.

—Ya, ya... ¿Pero no se te ha ocurrido? Hay que morir con técnica moderna... Por radiación... El grupo allí, frente a la enorme multitud, frente al Gobierno en pleno, el Estado mayor de uniforme, a caballo... El Regente en su trono... Y entonces Paco Morales, ha sido ayudante mío diez años, le conozco muy bien, nos aplicaría...

El sabio ya tenía su alma en su almario, su razón aguzada hasta el extremo. Mientras ella fijaba los ojos en el vacío donde se le representaba la magna escena, completa, con sus protagonistas, sus deuteragonistas, su ejecutor técnico y el vasto coro popular, se fue escurriendo suavemente y echó a correr, desalado, sin rumbo, a través de la paramera. La oscuridad de la noche le hizo suyo en un momento. La doctora se irguió, buscando con la mirada en las sombras. Se echaba mano al pecho; y lo que antes acariciaba, sin que Mendía se pensase lo que podía ser, lo expuso, brillante, al aire: un largo cuchillo de cocina, que blandía enérgicamente.

—¡Desertor, cobarde...! ¡Él también...!

Tornaron las risotadas, abundantes, alegres; inesperada resolución del absurdo trance.

—Hombre al fin y al cabo... Por eso me dieron asco siempre. Sólo nosotras, sólo nosotras podemos...

Miró al cuchillo y lo arrojó de sí con fuerza,

cual si la hubiese juzgado, de pronto, herramienta indigna de esta hora técnica. Se volvió hacia la casa, gozosa, abriendo los brazos, cantarina. Lo que tarareaba era el tema heroico de Strauss.

Cecilia, en su celda, iba a dormirse. Se quedaba leyendo hasta tan tarde... Se entró la mano bajo la blusa y extrajo una estampa chica de Nuestra Señora del Mayor Dolor, vulgarísimo cromo con la imagen de su devoción. La colocó sobre la mesa, apoyada en la almohada, para que se tuviera de pie, y se arrodilló delante. Oración antes del sueño. Apenas pronunciada, casi un susurro: "Y que tu voluntad se haga sobre mí, tu sierva, y sobre todos mis hermanos, y sea hecha sobre el mundo, y que tu dolor nos lo den a todos para llevarlo y que todos suframos contigo, por el martirio del inocente y por su muerte Cruel..". Se desvistió ligera; antes de dar sus ojos al sueño se despidió de su vista poniéndola, idealmente, en aquel corazón de la imagen, aquel cárdeno bulto alucinante.

Mendía anduvo erradizo un cuarto de hora. Tanto le divagaban los pies como la cabeza; y fueron, ellos, los que empezaron a alumbrarla, a ella. Porque como tropezaba en piedras, se enredaba en maleza, dos o tres veces se cayó: aquellas resistencias materiales a su paso le sirvieron como señas que le hacía la realidad, asideros por donde volver a empuñarla; de los pies le subió cierta claridad a la mente. Había que volver a casa, despertar a los colegas, hacer algo. Echó a caminar, guiándose por las luces del edificio —laboratorio—. ¿Dónde estaría la infortunada doctora? Esa curiosidad no le llevó, sin embargo, a su busca; al contrario, en lo posible, que no era mucho —dadas las tinieblas—, se esforzaba por no volver al sitio donde estuvieran sentados. Quizá por pensar tanto en él topó con él: ella, desaparecida, pero en tierra algo brillante. De aprensivo que estaba, se quiso hacer el distraído, no ver lo que veía; le dominaba un terror a lo siguiente, a algo nuevo que pudiese ser portador de otra congoja. Aquello era nueva cosa, un objeto más, no bien distinto, y por eso le sobresaltó. Y sin embargo, maquinalmente se agachó a recogerlo. Suspiró aliviado: nada, un simple trinchador de cocina. Su raciocinio, aun a media andadura, no le movió a preguntarse qué hacía semejante chisme en lugar tan desapropiado. Le bastaba con saber que era objeto humilde, familiar, impropio para celar enigmas. Aun agradeció a su empuñadura el darle ese apoyo material, esa certidumbre de volver a prenderse a la vida por agarradero tan vulgar y común como un artículo coquinario. Se sentía más fuerte. Fue a parar, no frente a la puerta por donde saliera, sino a la entrada del lado opuesto. La llave de paso, que siempre llevaba encima, se la franqueó. No había caído en la cuenta de que so pena de largo rodeo, atravesando por varias habitaciones, tenía que pasar por el lugar donde estaba el objeto X. Pero ahora, el nuevo suceso, la trasmudación, de la doctora en un ser antípoda, tenía tan señoreada su imaginación que casi no pensaba en más.

Entró en la sala, con su cuchillo en la mano. Pero, apenas pasado el umbral, se le puso delante la figura de ella; estaba sentada en un taburete, cara a cara a la bomba, absorta en su contemplación, y con la cabeza inclinada, escuchando muy cuidadosa el tic tac incesante. Cuando se vieron ya era imposible retroceder. Muy calmosa, con voz suave, le saludó:

—¡Bien, bien! Has vuelto. Perdóname por creerte un desertor. Ya te veo con el acero en la mano. Sé a qué vienes: a velar tus armas, a rezar esta víspera del gran día en que te cruzarás de caballero del gran sacrificio.

Mendía se había quedado de una pieza; ni pie ni mano podía mover. Le clavaba la mirada, sin expresión alguna.

—Túnica blanca es lo que debías vestir, como cumple el neófito... No importa. Te dejaré solo, nadie debe perturbar tu dedicación... Pero antes te he de dar prenda de nuestra fraternidad en la muerte.

Con gran sosiego se le fue acercando, y, allegada a él, sin más tocar que el de los labios, le dio un beso en la frente. Serenísima, paso a paso, sonriente sin duda a la anticipada visión de la gran ceremonia sacrificial, salió del laboratorio.

El fluido que por aquel ósculo recibió el doctor no se sabrá nunca cuál es. Su efecto, fulminante. Apreciable primero en los ojos, que los clavó en la bomba. Un instante le chispearon, no más; luego le refulgían como brasas; al cabo se le incendiaron en llama. Se fue hacia la mesa, con la mano en alto, en ella el cuchillo. Todo él, de los pies a la cabeza, se había tornado pura energía, voluntad de acabar. Imagen del desesperado, desembocaba ahora, al término de tantos años viviendo de razón y razón, en acto final de increíble desatino: herir a aquel bulto de misteriosa materia como si fuese de carnal calidad. Le asestó tremendo golpe, empuñando el arma con las dos manos. La hoja penetró lentamente, venciendo la resistencia poco a poco, hasta que se hundió toda. Al entrar iba despertando largo gemido, que subía de tono según penetraba más adentro. Mendía, poseído, entusiasmado, sacó el cuchillo y volvió a herir una dos, hasta siete veces. De las bocas de las heridas salían, a par con el plañir, surtidores de burbujas rojizas tan densas que parecían chorros de sangre. Fue incapaz el sabio de resistir tanto gozo, tanto triunfo, tanta grandeza de final victoria: desvió el cuchillo y se lo clavó en el pecho. Derrumbose con florida sonrisa en los labios, sonrisa suprema del descubridor, del profesional de un saber que sin saber lo que hace, todo lo deshace; héroe, sí, de la insuperada inconciencia.

La bomba se fue abriendo. No es que estallara. Ni estampido horrísono, ni detonación descomunal; lo que le salía de dentro era un gemido de tal calidad que sólo en dolor y garganta de hombre podía originarse, pero que inmediatamente se agrandaba, creciéndose a tal volumen, a tal desgarradora intensidad, que ningún pecho humano ni ninguna humana voz serían bastantes a emitirlo. Humanísimo, inconfundiblemente humano, imposible de producirse por animal furioso, por viento arrebatado, por mecánica sirena, pero no menos imposible que naciera de la congoja y la voz de un solo ser. Porque alcanzaba en potencia y estridor más que los potentísimos silbatos con que se avisa a las gentes de inminente desastre, cuando hay guerra. Un sonido así había de resonar en todos como propio y familiar, capaz de nacerse en ellos, como nace con el hombre el dolor y su queja; pero a la vez como tremendamente extraño, mucho más allá del poder expresivo del ser humano, sin asimilación posible a ninguna de sus medidas. Se cumplía en él, a plenitud, rematadamente, el destino de una palabra que el hombre nunca ha visto realizada: lo sobrehumano.

Y lo que la bomba dispersó, empezó a dispersar en torno suyo, desde aquel momento, no fueron ni cascos de metralla, ni radiaciones de gases mortales. El dilatarse de su, por fin, revelada potencia se manifestaba en continuos efluvios de pompas emanadas de los labios de cada herida; burbujas de rojiza coloración, sucediéndose, tan densas y frecuentes, que el aire todo era suyo y se adueñaban de los espacios, por vastos que fuesen. Poco a poco se corrieron por todas las cámaras y pasillos del gran edificio de los laboratorios. Los que dormían empezaron a oírlas, se despertaron sobresaltados. Porque se les oía; de vida tan leve y efímera como las pompas de jabón, después de flotar en el aire, se quebraban; pero en vez de deshacerse sin ruido, morían estas rasgándose, desgarrándose, reventando en quejidos profundos o graves, secos o prolongados, pero todos quejidos. Cada una añadía al aire un ¡ay! Y como no paraban de brotar, de ocuparlo todo y entrarse por doquiera, el espacio se iba convirtiendo en puro espacio sonoro de dolor, en un pavoroso ¡ay! total.

Empezaron a adelantar las masas de burbujas, a poca velocidad, y en todas direcciones. A las doce del día siguiente tenían ya ganado por suyo, inútil ya para el hombre, el gran edificio del laboratorio. Había comenzado su avance: ante él, hostigadas, acosadas, se iniciaba la huida de las gentes.

XIV
LA CIENCIA Y EL PRODIGIO

De cuantas cosas han puesto en fuga a los hombres, pestes y plagas, forestas encendidas, huestes invasoras, rebosados ríos, lava ondulante, ninguna parecida a esta. Aquí, ni peligro de ahogarse, ni miedo a la quema; ¿por qué infundían terrores aquellas masas de pompas y pompas, bermejas, sonrosadas, que avanzaban en cerrada formación por el aire, iban a estallar a los pocos instantes, para ser sucedidas por otras, siguiendo así, sin cesar, deshaciéndose, haciéndose, dilatando su dominio en los espacios? La primera señal que dieron de su sobrenatural ser ocurrió en los mismos laboratorios, cuando uno de los sabios, desconcertado al entreabrir la puerta y verlas avanzar por el pasillo, cerró de golpe; fue como si no, porque las burbujas, o atravesaron las paredes, o se colarían por invisibles rendijas, el caso es que a los dos minutos el cuarto lo tenían todo tomado. Ningún efecto parecían tener, revulsivo o irritante, sobre la epidermis, ni sobre los ojos; únicamente por el oído se hacía perceptible su nunca concebible potencia. Llenarse de ellas el espacio era llenarse de quejas, de lamentos, en todos los tonos; había rumor de sollozos ahogados, ayes penetrantes, acerados, suspiros de quejumbre, gemebundos plañidos, gritos congojosos. De común tenían el parecer todos brotados de pechos y labios humanos; ninguno que recordase aullido de lobo o gañir de ave. No se apelmazaban, confundidos, en tumultuosa masa;

cada uno sonaba distinto, perceptible en su timbre propio. Como una lluvia, donde el agua, en lugar de herir en capas o rama lazos, se sintiera gota por gota, golpeando la carne. Por eso se hacía insoportable, enloquecedor. Se podía atravesar por ella como si tal cosa; ningún obstáculo oponía al paso. Pero era envolverse, ahogarse en aquel diluvio de quejidos. No sofocaban la respiración; sofocaban el alma; no atacaban los pulmones como gas mortífero, atacaban las fuerzas últimas del ser, en sus más escondidos reductos.

En los primeros momentos la tropa de científicos se atropelló, yendo y viniendo por los pasillos. Les dio tiempo a ver el origen de todo, la bomba abierta, mandando oleadas de burbujas; pudieron recoger el cuerpo del suicida. Pero en seguida les acometió el pavor a quedarse inmersos en aquella terrible atmósfera de la quejumbre, incapaces de alejarse de ella, puesto que iba corriéndose más y más, en todas direcciones. Había que salirse, huir, sin más espera, de su mortal poder. A un ladino se le ocurrió echar ruido sobre ruido, poniendo los aparatos de radio en el máximo de voz. Pero apenas encendida, a los primeros estridentes sonidos dejó de funcionar; la corriente se había apagado. Escapar, era lo único, salvarse de aquella amenaza; que lo era de tan nueva e insólita naturaleza, que su novedad multiplicaba el terror.

Escapar ¿adónde? A cualquier dónde; todos los rumbos eran nortes de salvación, para los empavorecidos. Se desalojó el edificio en poco rato. El personal alocado se fue para otro, el más próximo, el de las pruebas y elaboración de gases de paz. Estaban los pabellones muy desparramados;

aquél, a más de un kilómetro. El gran quejido con que se abrió la bomba había causado sorpresa a los que trabajaban allí. Ver llegar a los fugitivos, en coches unos, por su pie otros, cargados de bultos que habían salvado al azar, entre las prisas, les alarmó. Pero cuando inquirieron por la causa de aquel descomunal grito quejumbroso, por la de su huida, y los otros, a retazos, con palabra entrecortada, se la querían explicar, tales eran las explicaciones que sospecharon si una ráfaga de enajenación colectiva no les había sobrecogido a todos. ¿La bomba emitiendo burbujas? ¿Y las burbujas rompiéndose en lamentos, y atravesando cal y canto, y anulando las voces de la radio? ¿Y el doctor Mendía suicida, y la doctora Coronado trastornada del juicio?

—¡Mirad, mirad! —dijo alguien, señalando.

Ya las masas burbujeantes rebasaban el pabellón donde nacieron. Y no salían por las ventanas: emanaban de la pared exterior, en toda su superficie, de lado a lado, de arriba abajo. Se corrían a derecha e izquierda, y sin prisa iban apoderándose del horizonte frontero, alzando, frente al grupo de hombres atónitos, muralla iluminada con vago resplandor rosa, semoviente muralla que se les venía encima, con lentitud implacable y segura. Se sentía aproximarse el pánico; Montero, el profesor de física, dos o tres más, se impusieron sobre el azoramiento.

—¡Calma, calma...! A observar el fenómeno. No puede ser más que un fenómeno. Hay que estudiarlo... ¡Ustedes dos, conmigo, al aire!

Tomaron un coche que les dejó en tres minutos junto a un helicóptero. Se elevaron. Desde lo alto, trescientos metros, aquello, recién bautizado de fenómeno, se apreciaba del todo. Las masas de burbujas salían de los cuatro costados del pabellón y a la misma andadura se movían hacia los cuatro puntos cardinales. De parecerse a algo, sería a un foco central del cual irradiaban pelotones de sonrosado humo, vapor o niebla. Oir, nada se oía. Volvieron a tierra. Los grupos seguían bullendo, excitados, debatiéndose entre asombro, susto y conjeturas.

—De esos sonidos que ustedes cuentan nada se advierte desde arriba.

Le dijeron que no se dejaban sentir hasta que no se entraba en su zona.

El doctor Montero pidió un coche:

—Hay que comprobarlo. A ver quién viene conmigo. Traigan una campana de gases. Se tomará una muestra para analizarlos. Calma, eso no puede ser más que un fenómeno de índole gaseosa que ha inducido a ustedes una falsa sugestión auditiva, por nerviosismo.

Llegado el coche, y el artefacto, Montero tomó el volante y con dos técnicos, que se prestaron a acompañarle, arrancó contra la masa, enorme y leve, a la que apenas se le notaba el avance. El automóvil, con los faros poderosos encendidos, embestía contra el fenómeno. En cuanto las luces penetraron en las capas de burbujas se creó una fantasmagórica visión, prodigio nunca visto de ojos. Los millones de pompas trasparentes refractaban los rayos de luz, se rompían en coloraciones chispeantes y en movimiento; chocaban unas con otras, y al quebrar se destellaban lumbrecillas, todo como un arco iris con sus bandas descompuestas, danzantes, en infinitas ampollas de colores. Era un nuevo medio, ni aire ni agua; un elemento mágico, cuyo habitante no se conocía aún, como las profundidades marinas antes de sus peces, o las capas de aire azul antes de sus aves; novísima atmósfera, no se sabía si de vida o muerte. El sabio frenó: le desconcertaba la maravillosa apariencia. Pero se sobrepuso y embistió con el coche contra ella. Sin resistencia alguna, sin notar contacto con nada, la penetraron. Pero, apenas dentro, el automóvil, aunque el pie de Montero oprimía el acelerador, fue perdiendo fuerza, hasta pararse del todo, suavemente. Y por los oídos les empezaron a entrar todas las variantes de la quejumbre, percutiéndoles el alma, insufriblemente. Se arrojaron del coche, los tres. Huían, cada cual por su lado, a todo correr; y, aun salidos del inexplicable ámbito, siguieron corriendo, hasta llegar al grupo que les miraba aterrados. Allá se quedó, cercado de las huestes de pompas, el automóvil, poderoso hijo de la inventiva técnica, humillado a la suerte de triste rehén que la Ciencia dejaba en manos de un enemigo sin armas y sin nombre, en la primera escaramuza entre lo cierto y lo increíble.

Al otro día el Gobierno publicó la primera noticia oficiosa: "Los conjugados esfuerzos de la Comisión Científica han sido ayer coronados por el éxito; se hizo estallar el objeto X, que tan preocupada tenía a la opinión pública. Por las primeras observaciones parece tratarse de una bomba de gases, cuya misión aún no ha terminado, y cuyos efectos, nada alarmantes por lo demás, se siguen estudiando por nuestros técnicos. En el curso de las investigaciones hubo que lamentar la pérdida, causada por el exceso de trabajo, de una de nuestras glorias nacionales, el doctor Mendía. Este gobierno le ha declarado mártir científico oficial".

La inquietud que estas palabras habían de causar en las gentes estaba ya descontada por el Gobierno. No había duda; se encontraban los sabios, el Gobierno, el país, frente a un caso de naturaleza extraordinaria, que todo lo presagiaba. El Gabinete no hablaba por referencias; se había trasladado, aquella mañana a la *zona afectada* (tal era la denominación técnica), en avión. Desde el aire, en tierra, observaron la masa gaseiforme, nada amedrentadora de no conocerse sus efectos, porque su ligereza, su coloración, la asemejaban a inofensiva, vaga neblina rosa. Se había ido extendiendo, con la misma regularidad, a igual velocidad, con que empezara a moverse. Como aquellas llanuras estaban acotadas por el P. D. D., y sin poblados ni habitantes, lo que había sumergido hasta ahora eran los edificios de laboratorios, algunos pabellones de personal, un pequeño campo de aviación. Movilizados todos los recursos científicos del país, se había formado a manera de un ejército de técnicos. Ya que no podía establecerse en ningún lugar fijo, puesto que todos parecían estar amenazados, operaba sobre ruedas, en vehículos automóviles, en coches viviendas, de remolque, y tiendas de campaña. Se procuró salvar el material de algunos laboratorios; pero algunas piezas de difícil desmontaje, las de más precio, como los pilones atómicos, hubo que abandonarlas a la invasión, que no dejó tiempo.

Todo lo dominaba una singular mezcla de organización, de previsora actividad, y de absurdo.

Se trataba de poner en uso un arsenal de ideas, conocimientos e instrumental mecánico, que el hombre tenía creado para entendérselas con factores conocidos y situaciones previsibles, y todo el cual estaba referido a la experiencia humana concreta, contra lo imposible de encajar en el orden de la razón y sin ningún precedente de realidad, ni siquiera de fantasía. Una legión de voluntades decididas, empeñadamente resueltas, cargadas de recursos intelectuales y físicos —la flor de la ciencia y el cogollo de la técnica— se juntaban para oponerse, ¿a qué? A un casi nada, pues poco más que nada, por la levedad de su materia, resultaba el enorme y apretado burbujeo que, al parecer se movía por una ley mecánica, sin poder presumírsele detrás, dándole impulso, voluntad ni designio alguno. Asimilable, en esto, a una fuerza de la naturaleza, quizá. Pero en seguida surgía la pregunta: ¿qué elemento natural era aquél, nunca presentado antes en parecida forma, y causante de unos efectos de inconcebible y aterradora singularidad? Operar podía, a primera vista, como natural, como fumareda o neblina, mas a quien hubiese penetrado en su órbita se le revelaba su condición, fuera de todos los quicios de la naturaleza.

Así se entablaba la lucha, con ridícula inadecuación entre la amenaza y la defensa. Esta se hallaba provista del más formidable material para pelear con todo lo previsto; pero sucedía que el adversario era lo prodigiosamente imprevisto. La situación participaba de la extravagancia de una empresa de montería, con sus corceles, sus jaurías y sus aceros, desalándose tras una banda de mariposas. Había llegado para el E. C. T. el trance humillante de agachar la cabeza ante la menos verosímil de las verdades: que la humanidad había accedido a un trance en que la Ciencia, la servidora diligentísima, tan diversificada en tentáculos, por millares, para servir al hombre en cualquier apuro de vida o muerte, *no servía*.

Los empeños de que sirviera fueron múltiples. Se alzaron cortinas artificiales de fuego, en largos zanjones, para cortarle el paso a la balumba de burbujas. Se provocó apretada lluvia artificial sobre ellas, sometiéndolas a un diluvio técnico: ni una sola modificación, ni un segundo de retraso, en su marcha. "Mañana —comunicaba el cuartel general— se experimentará con bombas de gases de diversa composición". En efecto, treinta baterías sé emplazaron a cinco kilómetros de la enemiga; estallaban las granadas, pero los gemelos más poderosos no podían acusar ninguna diferencia.

Ya tenía, a los tres días, dominada enorme extensión de terreno. Lo que sí había sido posible medir era la velocidad de avance; cinco kilómetros diarios. El Gobierno, reunido en consejo permanente, consultaba a cada instante con los técnicos. Habían empezado las evacuaciones. Porque la invasión de burbujas, ya superada la gran área despoblada, empezaba a alcanzar lugares habitados.

Largos convoyes trasladaban a las gentes a sitios más seguros. Muchos se resistían. Refriegas y encuentros entre el personal de evacuación y las poblaciones, menudeaban.

El Gobierno declaró el país en estado de sitio, suspendidas las libertades y garantías, censuradas severamente prensa y radio; sólo por los partes oficiales presentía el público lo que sucedía; pero lo que sucedía no se explicaba a las claras, ni dejaba más que leves resquicios para la comprensión. Todo era jugar con dos frases: *la difusión de la masa gaseosa* y *la zona afectada*. Hoy se comunicaba que tales y tales villas habían entrado en la zona afectada. ¿Y por qué? "A consecuencia de la difusión, en dirección N.O., de la masa gaseosa". Se tranquilizaba a la opinión, asegurando que todos los habitantes de la nueva zona afectada habían sido puestos a salvo por los cuerpos de evacuación. Con todo lo cual medraba y medraba, a cada hora, la espectral figura, de imposible identificación, del enemigo. Todo aquello sonaba a terminología de campaña, a lenguaje de guerra. Lo incógnito era quién la movía. Ejercitando el raciocinio no se llegaba más que a una insatisfactoria respuesta: todo lo causó la bomba, el objeto X. Todo provenía de su misterioso poder. Mas como nada se hace solo, la respuesta provocaba otra pregunta: ¿Quién?, el *quién* de los primeros días. Porque el *qué*, lo que llevaba dentro, sin saberse nada preciso de su composición, se sabía bastante lo que era: motivo misteriosamente suficiente para huirlo, para despoblar ciudades, para poner el país entero en estado de desesperada, imposible defensa.

Entró en el juego la acústica. Puesto que el daño intolerable venía de los oídos, había que probar a ensordecer a las gentes, a hacerlas invulnerables al sonido. Se enviaron escuadras de exploración a la zona enemiga. Partían los voluntarios, en corto número, preparados con diversos arbitrios, para no oír; desde simples tapones de oídos a unas especies de escafandras que les convertían en buzos de tierra. Se les conducía en un camión hasta la

147

frontera entre las zonas; allí se aventuraban entre las oleadas de burbujas. Tropillas pintorescas, máscaras incongruentes, el uno con la cabeza toda ceñida de vendas, el otro con la suya desaparecida bajo la escafandra, aquél con su casco. Ansiosamente aguardaban, fuera, los jefes de experimentación. Iban volviendo, despojándose de sus extravagantes tocados, y antes de hablar, en las facciones desencajadas y los ojos vidriosos, se les leía la respuesta. El que más, resistió una hora. Nada. El innumerable plañir lo atravesaba todo, sin menguar ápice en su intensidad.

La razón, espoleada por el apuro, ahijada por el terror, sugería tentativas estrafalarias. Se apeló a la más paradójica de las pruebas: al uso de los sordos. Seleccionados fueron dos grupos, de absoluta garantía que lo eran de nacimiento. Se les explicó su misión, con todo cuidado. Entraron los cuitados por entre las oleadas de burbujas. Y de pronto sus rostros se iluminaban de alegría. Sí, oían. El puro placer de oír les asaltaba, tan súbito, que en él se complacían como niños encantados, sin parar mientes en lo oído. Aquellos quejidos, aquellos sollozantes rumores, eran sonidos, nada más, por un rato.

Pero como si el hombre conociera, sin verlos unidos a ademán ni situación dolorosa, el signo sonoro del dolor, pronto se les desvanecía la alegría; entonces, ¿oír era sufrir? La repetición incesante de lo mismo les reducía aquel nuevo mundo que tenían recién descubierto a lugar de intolerable pesadumbre. También ellos se daban a huir. Como habían resistido más, mucho más, alguno seis o siete horas, los técnicos aguardaban en vilo, todo esperanzas. Se les confirmaban estas al verlos surgir, con rostros alegres: pero era sólo la triste alegría de regresar al no oír, ya que sólo aquellos trenos es lo que el mundo tenía reservado a los que oían.

De algo sirvieron, no obstante, las incursiones de aquellos infelices a la zona enemiga. Volvían, cual viajeros medievales, rindiendo viaje de incógnitas tierras, sin mapa aún, con cuentos de maravillas. En la aldea donde penetraran no quedaba ser humano; todo desierto y todo intacto. La masa de burbujas no dañaba nada: en pie las casas, los muros sin señal de mancha o humedad, y hasta los más endebles chozos de paja o de madera sin el menor quebranto. Plantas y flores, siguiendo su natural curso: botones rompiendo, capullos que se abrían, flores que empezaban a declinar y soltaban sus pétalos. Inmunes, también, los animales de Dios: erraban perros por las callejas y en las coralizas puercos, gallinas, que aún no echaban de faltar a sus amos. Los pajarillos revolaban, atravesando las frágiles capas de pompas, como si no existieran para ellos, y piaban jubilosamente, igual que en el más puro de los aires. El detalle más desconcertante se refería a las máquinas; no había muchas en aquella aldea, varios motores para extracción de agua artesiana, una centralilla de electricidad. Todo parado, desde la muestra del reló del Municipio, con sus agujas quietas, a los viejos relojes de caja alta, y en la misma hora; que, sin duda, era aquella en que fueron alcanzados por la primera oleada de burbujas. La consecuencia era asombrosa: no afectaba el fenómeno más que a los hombres y las máquinas. Aún dos viejas norias marchaban, perezosamente movidas por las mulas; sólo se explicaba porque eran artefacto primitivo, y su motor, animal.

Nunca tantos ojos, de tantos despavoridos rostros, habían asistido, de muy lejos, y sin ver nada de su auténtica realidad, a la pausada marcha de una tragedia portentosa caminando a su fin. Era escenario abstracto, esquemático, el enorme mapa de la nación que cubría todo un muro; teatro, la sala de Estado Mayor del Ministerio de Defensa; los diminutos personajes inverosímiles, alfileres con gruesas cabezas de colores; dictaba la acción, allá en la distancia, el gran autor anónimo, el que empujaba las oleadas de burbujas, cuyas ganancias de terreno se representaban aquí, sobre el muro de corcho, cambiando de sitio los alfileres en el mapa. Pobre como era, el espectáculo se había atraído al público más ilustre del país, los ministros, las sumidades de las ciencias, los altos jefes de la Defensa. Infantil simplicidad la de los movimientos: de cuando en cuando, según llegaban las noticias de los puestos de observación del fenómeno, un ayudante, con los datos de posición exacta en la mano, se subía a la escalerilla y adelantaba el alfiler, un poco más allá, indicando con toda precisión geográfica el avance del fenómeno. El círculo invadido se iba ensanchando. Y en las almas de los circunstantes, o de los enterados del nuevo ensanche, se operaba acción cabalmente opuesta: el espacio que aún les quedaba, allí, de lucidez mental, de paciencia, de confianza, se contraía en idéntica proporción. Pulgada ganada en el mapa era esperanza perdida en sus espíritus.

Los productos de la humana razón, las argucias infinitas de su genio inventivo aplicado a la materia, lo que se tenía por demostración irrebatida de la supremacía del hombre sobre todas las criaturas y poderes —sin dejarse fuera a ninguna—, aquel enorme aparato de orgullosa seguridad que los humanos habían venido inflando e inflando a fuerza de siglos, para, agarrados a él auparse por encima de todo, acreditándose a sí mismos de su prepotencia sin límites sobre lo creado y lo por crear, todo aquel enorme embeleco se encogía, se *desmenguasa* tristemente, iba apocándose, con el aflictivo aspecto de globo de niño, que pierde el aire y pronto se volverá pobre vejiga o tela miserable. Porque lo que punzaba aquella enorme cobertura de creencias, soberbia —y como toda soberbia vana, puro aire—, eran unos alfileres. Cada alfilerazo nuevo, no siendo más que una puntada, resultaba herida de muerte. Aquellos hombres, las personificaciones de un poder material idolatrado como el único y supremo, tenían la fantástica impresión de que les estaban matando a alfilerazos, muerte deslucida y humillante de sus magnas grandezas. Sentían lo que jamás creyeran poder sentir: desamparo gélido, desvalimiento sin remedio. Súmulas de conocimientos, millares de máquinas, acervos de riquezas, no valían. ¿Qué valdría, entonces? Al apartar las miradas del mapa, al pasearlas desesperadamente por el aire buscando, no veían nada; se encaraban con la terrible nada, adversaria insufrible del hombre.

Acudían al único nepente de los adoradores de la acción: hacer, hacer, fuese lo que fuese. La nación entera estaba movilizada para algún quehacer. Por la radio las órdenes no cesaban de correr, arriba y abajo. Todos los departamentos del E.T.C. hervían. Y a su mando los ciudadanos se agitaban frenéticamente. El objetivo era la organización técnica de la más grande fuga de la historia. Cuarenta millones de personas huyendo de su patria. Y, como era tierra insular, los grandes caudales fugitivos, al igual de los fluviales, corrían hacia los océanos. Habían desistido de toda esperanza; luchaban con los ojos vueltos al enemigo, observándole los pasos con toda precisión; pero con las almas ya de espalda, henchidas de un viento de desastre, que les impulsaba al mar. Hasta ahora nada se había salvado, más que las gentes. Ya tres grandes urbes industriales, con sus coros de fábricas y sus estandartes de humo, siempre tremolando en lo alto de las chimeneas, habían caído en poder del adversario. La región de los altos valles, paraíso del país, refugio de dichosos, con sus lagos, sus innumerables mansiones de recreo, su tesoro de recuerdos felices, estaba despoblada. Nadie acudía a más máquinas, ya, que a las útiles para la evacuación. Ruedas por todos los caminos, alas por los espacios, quillas por los anchos ríos, arrancaban a millones de personas de sus casas, de sus villas, de sus esperanzas. Se salvarían, si era posible, cuerpos y cuerpos, animados sólo por el afán animal de escapar al peligro inmediato. La fuga empleaba los medios más nuevos de transporte; pero su motor verdadero era el más primitivo impulso, hermano de aquel que empujaba al troglodita a huir ante el rebaño de bisontes. Lo natural, tan recortado y ahormado por la Ciencia, y lo sobrenatural, negado por la Ciencia, se habían vuelto a convertir, de golpe, en rectores de los actos de los hombres.

Desde el Ministerio de Relaciones Exteriores se comunicaba con las naciones próximas. El Departamento de Industria y Comercio pasaba revista a todas las naves disponibles: se compilaban listas con tonelaje, cabidas aproximadas. En Higiene se daba orden de abrir los depósitos de alimentos sintéticos y distribuirlos a la población, a modo de viático. La divinidad de la Administración libraba magnífica acción de retaguardia para arrancar su presa a la divinidad del misterio. Y aun en el seno del desastre, acogotados por la certidumbre de su impotencia ante el fenómeno, les acariciaba cierto orgullo por su obra de evacuación. El E.T.C. se despedía de la vida heroicamente.

El Regente había solicitado salir en el último barco. Su temple no le abandonaba. Sentía augustos ejemplos en la sangre, Arrellanado en su sitial, contemplaba con su imaginación un viejo castillo roquero, arraigado hacía siete siglos en una orilla del Danubio. Aquél era su destino: así se tenía convenido con los parientes de su familia, por la rama materna, que lo habitaban. Regresaba a su pasado, la evocación de unos días venturosos que allí vivió, en su mocedad. Vida, a su modo, de corte. Músicas acordadas, danzas bajo un cielo de estrellas de cristal, labradas en Venecia, arracimadas en las arañas. La gran duquesa Cirila con su capota de paja, sus estudiados ojos de inocencia, y la mano en la suya. El retrato lo tenía en su despacho, dedicado con escritura angulosa: "A Juan, mi Infante favorito" (él, entonces, llevaba ese título). Se le subió un sofoco del corazón, y a pique estuvo de ir a buscar la efigie. No, las gentes de su casta podían más. Se reprimió. Tras un momento de pausa se dirigió al estante de la poesía. Iba pensando que él, si se fugaba, era hacia algo: un ayer, unas realidades anteriores al E. T. C. de que era jefe y que le iban, por las señas, a sobrevivir. ¿Qué mayor dominio del momento, y de su momentánea flaqueza, que escoger un viejo libro de poesías para leer aquella noche? Leía despacio, apoderado del triste son funeral de los versos: "Nuestras vidas son los ríos – que van a dar a la mar..."

XV
LA GRAN FUGA

En aquella su agonía la capacidad organizadora del E. T. C. se esmeró en llevar sus servicios a punto de perfección. A nadie se dejaba atrás; que no se dijera de los inútiles, tullidos, lisiados, mútilos, que a estos les había abandonado la nación; ni a los enfermos, aun incurables; ni que a los orates y vesánicos se les dejaba en la casa de orates; ni que los reclusos y penados, que sufrían sentencia en la trena, eran menos que los demás, aunque reos de culpas. Todo se desalojaba con método, manicomios y presidios.

La cárcel de mujeres donde se hallaba encerrada Cecilia formaba parte de la llamada "región reservada" del país. Vasta extensión de terreno, acotada para los lugares de reforma: reforma de los desviados morales; delincuentes; los sublevados de cabeza: trastornados; los desobedientes a la salud: los enfermos. Allí se les tenía, no sin razón, puesto que todos eran rebeldes a alguna especie de norma y ley, fuese de ética política, de funcionamiento fisiológico o de obediencia al buen juicio. Allí se les sometía a métodos de mejoría; quiere decirse a reclusión, a trabajos, tratamiento o gavia. La víspera de la evacuación, Cecilia, víctima — aunque ella no lo creía así y las tomaba por segunda vida, resignada o alegre— de pesadillas diarias casi, tuvo una nueva. Su lugar, la iglesia de Santa Justa. Tremendo temporal, no sabía de qué, había sacudido el templo, y la vidriera del Apocalipsis, se estaba rompiendo. No se había roto, no, sino que se deshacía a pedacitos, y se le caían los trozos de vidrio, como a un árbol la hoja, uno a uno, sin acabarse nunca. Era una lluvia de cristales de colores que, poco a poco, desfiguraba los personajes, y descomponía las escenas del horror. El único que se aguantaba en su sitio era el ángel trompetero. Para mayor congoja, la imagen de su devoción, la Dolorosa, padecía una extraña merma. Le faltaba de en medio del pecho la pieza de metal, aquella oscura masa que hacía de corazón, la que inspirara su alucinación la mañana del plebiscito. Despertó desasosegada, con estrellas aún. Por mejor decir, la despertó el pitido de la sirena, dando señal de alarma a los recluidos. Las celadoras pasaron por las celdas; había que hacer un hatillo, con sus efectos, y prepararse a salir. Por qué, ni adónde, no se les decía. Ella, sin rechistar, cumplió lo mandado. Todo le venía bien. La entraron en un automóvil, con otras cuatro. Guiaba un guardia. No llevaban hecho mucho camino cuando una avería les hizo detenerse. Les mandó el chófer que se estuvieran allí, quietas, so pena de castigo, si no las encontraba a la vuelta; él iba en demanda de socorro. Y allí se habría estado Cecilia, si las compañeras, gente de brío, que no dejaban pasar coyuntura, no le hubiesen dicho con voz imperativa:

—¡Vamos, no hay que ser tontas! ¡Vamos, tú!

Ella lo obedecía todo. Echaron a correr, y a los cinco minutos se habían entrado en un bosquecillo. Allí pararon: convenía, dijo la adalid, dispersarse, irse cada cual por su lado, para escapar a la segura persecución. Y se fueron todas en direcciones opuestas; todas, menos Cecilia. Ella, ¿adónde iba a ir? Allí se estaba bien; la pinocha blanda, las ramas umbrosas, el aire limpio. Y se quedó sentada, siguiendo los pájaros mañaneros, prendida a sus vuelos, deleitada en sus píos. Como su tiempo era sólo suyo, ella lo daba sin tasa; no percibía que iban pasando las horas.

Mientras, continuaba la evacuación; se llenaba la carretera de vehículos. El de ellas, abandonado quedó, sin que el guardia regresara. Nadie estaba para auxilios que le apartaran de su misión. Se había echado mano de todo carruaje al alcance: autobuses, camiones, coches ligeros, de los de más lujo, y de los viejos modelos renqueantes. Todavía, para los más delicados de los enfermos, quedaban algunas ambulancias. Por las vías férreas los trenes no paraban; accidentes hubo, dos choques, siete descarrilos.

Entretanto los mares que circundaban la gran nación insular traían a sus puertos hileras continuas de barcos, contratados por el Gobierno; no se había reparado en gastos; ningún mejor empleo para el Tesoro Nacional que salvar a la masa ciudadana. Muchos de los navíos no podían atracar a los muelles, faltos de sitio. Las gentes los abordaban en barcazas, en botes, como fuera. En los aeródromos todavía libres, una cadena de aparatos se llevaba a doscientas mil personas por día. La radio —ya se había suprimido los periódicos, para no restar brazos a la obra de evacuación— entonaba a cada hora su canto del cisne: elogios de la precisión con que el E. T. C. ponía a salvo a sus ciudadanos, breves relatos de embarques, exhortaciones a la calma, ejemplos a actos de heroísmo; aquellos tres muchachos que habían desmontado, ellos solos, toda la maquinaria de un laboratorio de física nuclear capaz de transporte, y que al saber que todo el espacio disponible en las embarcaciones se destinaba a las personas, se brindaron a ceder el suyo, para salvar los aparatos.

Como la técnica no tiene ni ayer ni mañana y vive refocilada en el puro presente de su ciega acción, los partes oficiales de la radio los salteaban acentos de triunfo, y engreídas frases de suficiencia. "La nación puede sentirse satisfecha y orgullosa de la exactitud con que funcionan todos los servicios del E. T. C. Las modificaciones paulatinas de la zona afectada (eufemismo con que se designaba el constante avance del fenómeno) se siguen al minuto. La cooperación de las clases sociales es perfecta. Las autoridades lo tienen todo previsto. Únicamente un Estado como el Técnico Científico hubiera sido capaz de llevar a cabo tarea tan gigantesca como la impuesta, momentáneamente, por las circunstancias. Es seguro que el desarrollo de los acontecimientos presentes hubiese llevado, en sociedad no tan adelantada como la nuestra, a incalculables catástrofes. ¡Uníos todos, al grito de 'Viva el E. T. C.'!" Los intelectos dúctiles, y lo eran muchos en aquel progresivo Estado, a los troqueles de la propaganda, casi se convencían de estar asistiendo al lance más glorioso de la humana historia, a la apoteosis del poder de la Técnica.

También se difundía por las ondas un tema que se hizo, en seguida, con enorme número de adeptos y prosélitos. El autor era insuperable autoridad en tecnología de grupos, y psicología aplicada a la conducta social; y su hallazgo, estupendo acierto. "¿Quién sino los aferrados ciegamente —empezaba su charla— a caducadas ideologías historicistas y geopolíticas se atreve hoy a mantener que una nación, basada en las leyes técnico—científicas, debe estar unida a un determinado territorio? La verdadera tierra y solar del *homo sapiens* la constituye su conocimiento de la tierra; de sus elementos y sus leyes, con sus causas y efectos. Nuestra patria es el saber. Nuestra ciudadanía, la carta de ciudadanos de la Ciencia. Si por decisión de nuestras voluntades hubiéramos, algún día, de modificar nuestros juicios sobre el más conveniente asiento material de la nación, y decidiéramos, como es muy probable, que el presente está muy lejos de serlo, ¿qué importaría dejarse uno y ocupar otro, si nosotros llevaríamos nuestros sabios, nuestros técnicos, nuestros obreros, el imponente tesoro de nuestra ciencia, a implantarlo donde fecundase mejor?"

Pero, como no faltan nunca descreídos ni pusilánimes, muchos había, millones, que lloraban. Eran los dos cabos de la vida humana, sobre todo; gente párvula y gente provecta. Lloraban las criaturas más chicas, desgarradas de sus juguetes, de sus cunas, de sus animales, medrosas de la novedad y lo desconocido; lloraban los muy mayores, ellas las mujeres vetustas, más, al soltarse de sus butacas, y sus fogones, y sus horas seguras de sueño y vigilia, y las paredes, y sus ventanas, que las abrían, y las vistas, abriéndolas más aun, y la voz del cartero, y el dolor de la rodilla que volvía a la misma hora, y el toque del reló, y el temple de la almohada. Lloraban, al último paso pisado en el suelo de la casa, al primero puesto en el camino, a los pasos que le seguían; los albergues donde descansaban eran estaciones de llanto. Al avistar el mar se les crecía el sofoco, y las criaturas, viendo el nunca visto, se prendían a las faldas; y los viejos se agarraban a un barandal, apoyaban la mano en algún pretil, se arrecostaban sobre un muro, buscando los últimos tactos de la tierra que desertaban. Arrasados los ojos de lágrimas, sin ruido, se embarcaban los encanecidos; la infancia llorando, a gritos. La enormidad de la sal marina sentía caerle encima, en gotas delicadas, otra sal, fabricada dentro del hombre, la que el dolor acarrea en la lágrima.

Es que ya triunfaba, desde lo lejos, el mundo aquel de las burbujas. Sus suspiros sin garganta, sus ayes sin labios, su llanto sin ojos, encontraban aquí lo que les faltaba: estas gentes eran su encarnadura. Misteriosamente se correspondía aquel plañido sin cuerpos, con este, que enrojecía mejillas, agostaba labios y vidriaba miradas. Se hermanaban el llanto de aire y el llanto de carne y hueso. El dolor estaba completo. Y los huidizos, esos que se quería resguardar de oír los gemidos incesantes del sufrir desconocido, que se acercaba, alzaban, ellos mismos, voz de gemido, y caían en conocido, viejo sufrir, la pena de arrancarse de su tierra. Del otro —el sobrenatural — puede que les salvara la técnica, pero de este humanísimo llorar nadie les salvaría. Es de los llantos de la raíz del ser, que nacen con cada uno; su nobleza, sólo compartida, e igualada, por la otra gran nobleza, la alegría, que se reparte con su adversario las vidas de los hombres.

Cecilia se quedó tan encantada, que cerró los ojos y el cuerpo se le fue deslizando del árbol donde lo apoyaba, cuidadosamente sostenido por los brazos del sueño, los cuales lo depositaron sobre el suelo.

Un rato llevaba traspuesta, cuando los pájaros del lugar vieron llegar a un hombre; cuarentón sería, trajeado a lo humilde, y con rubia barba rala. Miró a la muchacha; su respiro tranquilo, su rostro claro, eran lo que faltaba para hacer del bosquecillo sede perfecta de paz. Por eso se sentó, a unos metros de distancia, mirándola dormir, mordisqueando pinochas. Cuando la moza se despertó vio que tenía los ojos azules; se lo esperaba. Se contemplaron, como si tal cosa.

—¿Tú quién eres? —dijo el hombre.

—Yo me llamo Cecilia... ¿Y usted?

—¿Yo? Bueno, te lo diré... Víctor Ensenada...

Cecilia se restregó los ojos. El nombre le sonaba.

—Pero yo he oído ese nombre... Los periódicos...

—Sí, hija mía, sí. He salido mucho en los periódicos...

Cecilia apoyó un brazo en el suelo y se fue alzando, despacio

—Pero no te asustes. Ya sabes que yo no hago daño a nadie. Es mi profesión.

La muchacha iba atando cabos. Le ojeaba con curiosidad:

—¿No estaba usted en la cárcel?

—Sí, pero me he quedado atrás... Me escurrí. Yo no quiero irme...

—¿Irse? ¿Adónde?

—Entonces, ¿tú no sabes lo que ocurre? ¿De dónde sales?

La respuesta dicha tan purísima, sin mancha en voz ni mirada, le dejó perplejo:

—De la cárcel, también.

—¡Tú! ¿De una cárcel ? ¿Serás inocente?...

—No, señor, no. Bien encerrada estaba. Quise matar a un hombre. ¿Usted no se acuerda de eso que pasó hace unos días? ¿Que quisieron matar a un sabio, a Mendía? Pues fui yo.

Víctor la midió de arriba abajo, con los ojos:

—¡Mal hecho! Por ahí no se logra nada. Ya lo ves. Lo mío es mejor ...

—Puede —dijo Cecilia, pensativa.

Lo de Víctor Ensenada era caso célebre. Desde hacía veinte años que empezó su celebridad. Entonces era un mancebo de dieciocho. El E. T. C., implantado hacía poco, realizó su primera operación dinámica de paz, dirigida contra una nación del continente. Todos los hombres de su edad fueron llamados a filas, en el P. D. D. Víctor, escritor incipiente, no se presentó; lo cual ya era delito, deserción. Pero vino otro peor, rebelión; porque empezó a predicar, doquiera que se le ofrecía público, la resistencia a la campaña con palabras y argumentos que ganaron el título oficial de primer enemigo del E. T. C. Su dialéctica, pura perversidad mental, grosero paralogismo. Porque consistía en volver las cosas del revés, en presentárselas, a los que las oían, como lo contrario de lo que eran. Empezaba por citar las palabras de un libro antiquísimo, proscrito de la lectura por el Estado, la Biblia: "¡Ay de los que a lo malo dicen bueno y a lo bueno malo; que hacen de la luz tinieblas y de las tinieblas luz; que ponen lo amargo por dulce y lo dulce por amargo". Tras de frase tan capciosa venía una sarta de sofismas. Por ejemplo, que el P. D. D. no era tal, sino un ejército como todos los que habían asolado la tierra; que el "estado dinámico de paz" significaba algo tan horroroso que las gentes tenían miedo a la verdadera palabra que ocultaba: guerra; que los instrumentos de pacificación, llamados por su nombre exacto, eran, en verdad, armas, y, por si todo fuera poco, que la Ciencia y la Técnica, supuestas benefactoras de la humanidad, iban derechas a acabar con ella. Ya el primer cargo, lectura de un libro dañoso y prohibido, bastaba para hacerle reo de reclusión reformatoria. De los demás, no se diga. La policía se puso en su busca. Y aquí empezaban las fantásticas peripecias: Víctor desaparecía, por ensalmo. Y dos días después remanecía en otro lugar, y en cuanto juntaba oyentes volvía a las monsergas. Veinte veces la policía le fue a los alcances, y siempre se les escurrió de entre la red de patrullas automóviles y señalamientos de radio. Hoy estaba aquí y al día siguiente a cien kilómetros. Y de ese modo todo lo que duró la campaña de pacificación del ignorante pueblo adversario. Cuando, terminada, los periódicos rebosaban de noticias triunfales, salió otra que se llevó de calle la atención pública: Víctor Ensenada entró un día en la jefatura de Policía, y se dio a conocer, tranquilamente. Ya no tenía nada que hacer, declaró. Él no era un criminal. Lo que predicaba era la no violencia. Por piadoso indulto del Regente, aunque fue condenado en Tribunal a eliminación absoluta, se benefició con pena de reforma perpetua en reclusión. Pero cuando a los quince años el E. T. C. se movió otra vez, como perfecta máquina, hacia otro país, en nueva operación de pacifismo, Víctor se escapó de su cárcel, vuelto a las andadas. Ahora cayó en puras herejías: llamaba delitos, o crímenes, a los últimos descubrimientos de pirobalística, que tanto acortaban las campañas de pacificación; exageraba la mortandad que causaban, apelaba a emocionalismos, como referirse a mujeres y niños inocentes y ajenos a todo mal. Y se repitió con todos sus detalles el caso de la otra vez: prédicas, persecuciones, desvanecimientos increíbles de su persona, comparecencias donde menos se le esperaba. Y al final la entrega. Lo más grave es que el Regente insistió; y en lugar de sufrir la pena de eliminación científica total, regresó a su cárcel. Ahora, como olía algo extraño en el aire, se había escapado de nuevo, aprovechando el barullo de la evacuación.

Y allí estaba delante de Cecilia: alto, desgarbado, sin gracia ninguna de facciones, como si se hubiera buscado ese exterior vulgar para esconder tras él, cuando no hacía falta que se le viera, su auténtica excepcionalidad humana.

Cecilia le miraba, ahora, sin sombra de aprensión: al contrario, no llevaba más de diez minutos de tenerlo delante, y ya su naturaleza lo reconocía secretamente como familiar. La altura legendaria en que le habían puesto sus hazañas no le distanciaba de ella; era un hombre como los demás, un hombre bueno. Como tal se portó.

—¿No tienes nada que comer? Iré a buscar algo...

—No, no sea que le apresen a usted...

—Descuida, soy práctico en eso...

Se marchó con una sonrisa en la boca, y antes de media hora ya estaba de vuelta con dos panes, queso, una botella de agua. Comieron despacio.

—¿Y tú ahora dónde vas?

—Yo no sé. Donde vaya me descubrirán... Yo

no quiero huir... No tengo por qué huir de nada...

—No tengas miedo. Andan locos... Algo grande debe de pasar...

Entonces contó a Cecilia lo que él sabía, por los carceleros, por sus camaradas de prisión. Todo vago, descosido; pero entre esas neblinas una palabra se repetía: objeto misterioso, bomba. Cecilia cambió toda de pronto: se le había vuelto agitación su serenidad, color su palidez...

—¡Dios mío, Dios mío!... —Dos veces hizo la señal de la cruz.

Víctor no entendía. La chica monologaba, hablando al aire... ¿Desvarío?

—¡Es ella, es ella! Lo vi en la vidriera, lo soñé en la vidriera, anoche...

¿Loca? ¿Estaría loca? ¿Escapada de manicomio y no de penal? Víctor no se lo podía creer; tanta mansedumbre, tan simple juicio como los que le tenía vistos en aquellas horas no podían ser intervalo de lucidez sólo.

—¿Y dónde es, dónde es? —interrogó Cecilia.

—¿El qué?

—Eso, lo que llaman el fenómeno... lo que ella trajo...

—No lo dicen. Pero no muy lejos, nos sacan de donde estábamos para que no nos alcance.

Se quedó Cecilia parada, larga pieza de tiempo; estaba apoyada en el árbol, con la mirada perdida. Víctor no sabía qué hablar. A cada instante la muchacha parecía ir creciendo, sin cambiar por eso a la vista, llenarse de misteriosa energía; algo comenzaba a resplandecerle bajo las facciones. Dio un paso, se volvió, señalando al horizonte:

—Ya sé, ya sé dónde está. ¡Vamos! Hay que ir. Vamos...

Víctor ahora sentía a la muchacha como cosa suya también, hermanados en una fraternidad extrañamente honda. Y ella, hermana mayor —misteriosa mayoría—, a despecho de su edad; la hermana mayor, a la que se obedece sin titubeo de voluntad, ni amago de resistir de la razón.

Se levantó del suelo:

—¡Vamos!

Así se pusieron en marcha, hacia aquello. Aquello de que todos huían. También estos dos seres, como los millones que se aglomeraban en los puertos querían salvarse. Pero tomaban el camino contrario, a pie y sin prisa. Salieron del bosquecillo. Los pájaros de la pineda se quedaron solos; despreocupados de salvación, salvados desde que nacen, cantaban, cantaban, las infinitas canciones de la soledad.

Iban a campo traviesa, evitando poblados. Al segundo día, como les era menester algo de comer, Víctor aventuró en un pueblo. Estaba vacío; llamó a Cecilia y se pasearon por las calles, se asomaron a las casas, sin creer lo que veían. En algunas todo estaba en su lugar, cual si sus moradores se hubiesen marchado de paseo y los muebles y trebejos caseros les aguardaran con toda confianza, seguros del anochecido, que los traería. En pocas, signos de escapatoria precipitada: cajones abiertos, telas, cajas, alhajas por el suelo. No quisieron sentarse a comer en ninguna mesa, aunque todas se daban por suyas; tomaron algunos alimentos, se acomodaron a almorzar en el jardín delantero de una soberbia casa, que se les hizo más acogedor que los demás.

—Algo ocurre, algo muy grande... —decía Víctor—. Esto de que se vayan en masa, o que se los lleven, sin dejar a nadie... ¿Tú crees en el fin del mundo, Cecilia? Ellos dicen que lo pueden todo, que lo saben todo: hasta cómo acabar con el mundo, científicamente... ¿Pero por qué van a querer destruir el mundo? ¡Como no sea sin querer...!

Se quedó pensando unos momentos, mientras Cecilia comía en silencio.

—Cecilia, yo ya no sé... si debíamos seguir... Quién sabe lo que nos encontraremos, algo tremendo será cuando así se escapan... Tú no lo sabes, tampoco...

—No, pero lo siento; siento que les parece malo y no lo es. Lo temen, pero yo no le tengo miedo... Yo no soy como ellos. Me parece que tú tampoco...

Pocas palabras eran; ayunas de lógica, desprendidas de intención de convencer, o no. Pero tan persuasivas, por su pureza, como el sol, y el aire azul, y el calor templado, y las ocho de la mañana, cuando persuaden de la vida a alma sin malicia.

Víctor las atendió, sumiso.

—¿Para dónde vamos, al salir de aquí?

—No lo sé aún. Pero lo sabremos más tarde, antes de echar a andar. Ahora tengo sueño.

No les gustaba entrar en la casa, dormir allí; la hierba del jardín era espesa y cencida, lecho mejor. En él se tendieron.

Dentro, en la alcoba principal, abrigada por

el dosel de vasta cama, alguien dormía, también, con su vestido puesto: una mujer. A las dos horas se despertó. Sentada, sin decidirse a levantarse, recorría con miradas atónitas el cuarto; sería que no lo había visto nunca. De un salto se echó abajo, se fue al mueble tocador y, acomodándose en la banqueta, clavó los ojos en su misma figura, doblada en el espejo. También parecía que le era nueva, desconocida, como la cámara. Estaba la mesita llena de chirimbolos de aseo, pomos y redomas de aguas de olor, peinecillas, cepillería variada, espejillos de mano. Con todo jugaba, todos los revolvía, dejando, tomando, excedida en la expresión de su gozo, vertiéndose olores y aromas en las manos y el cabello. Pero por el espejo descubrió un ancho armario, entreabierto, que le ganó de golpe la atención. Era ropero y sombrerera, surtido a colmo. De él sacó trajes, se los aplicaba al cuerpo, viendo cómo le sentaban, en el espejo; los iba arrojando sobre la cama, en el sofá, en las sillas, rodeándose un desorden de rasos y terciopelos, de colores lisos y fantasías rameadas. Luego empezó a probárselos: toda rebosada de alegría, en silbidos y canturreos, y parajismos y meneos. Allá por los cincuenta debía de andar, pero su animación la rejuvenecía en muchos años. Por fin se decidió por vestido alegrísimo, verdeblanco, de buen escote, con mucho golpe de volantes y faralaes. Su ancha sonrisa, cuando se vio en el espejo, confirmó que se gustaba. El pelo es lo que no se veía, sin duda. Porque se quedó como estaba, despeluzada, sin intento de atusárselo. Se fue hacia la puerta; al pasar junto al armario tomó una sombrilla de alto mango; y la escalera la descendió apoyada en ella, con aires de graciosa señorita, de dama melindrosa de antes.

Fuera, en su grama, dormían los dos escapados. La mujer los vio por la ancha ventana del salón, en cuanto entró en él. Les apartó la vista, indiferente: lo que le ganaba los ojos era el mobiliario de la sala, que lo contempló con la misma expresión de inesperado hallazgo, asombrada y alegre. Todo lo remiraba, como quien va a escoger; hasta que se decidió, de golpe, yéndose de recha al piano. La sombrilla la había dejado caer en el suelo. Alzó la tapa, empezó a tocar. Eran retazos, trozos de aquí y de allá, unos compases de Chopin, una melodía de Beethoven, casi todo música romántica. Luego, dejando las manos sobre el teclado, se estuvo quieta unos momentos, buscando por su memoria algo; hasta que lo encontró. Lo tocaba, muy rígida, solemne, un arreglo, un recuerdo, improvisado, de las notas altaneras y trágicas del poema de Strauss *La vida de un héroe*. Esto es lo que despertó de su sueño a Cecilia y a Víctor.

Cualquier cosa se hubieran esperado menos aquello: en el pueblo desierto, con una amenaza misteriosa, acercándose no se había por dónde, había alguien que tocaba el piano, tranquilamente, que no sólo se había quedado, sino que se recreaba en la música, aislada de todo su alrededor. Se fueron aproximando a la ventana: ya se la veía. ¡Aquella mujer! Toda contradicciones: muchos años en la cara, y el vestido alegre y moceril; grave y compuesta de postura, y el pelo desmoñado, desmelenado; la música, sombría, su expresión, alegre. Ella les vio acercarse en el espejo, que los reflejaba. Dejó de tocar, se dio vuelta hacia ellos, en la banqueta, sonriéndoles:

—Pasen ustedes, no se estén ahí.

Entraron. Estaba ya de pie en el centro del salón. Al verles, se agarró la falda con las dos manos, la ahuecó, y les preguntaba con un mohín gracioso:

—¿Les gusta mi traje? Me cae muy bien... Hace treinta años que quería tener uno así. Pero siéntense, no tengan prisa. No hay prisa. Y si quieren pasar aquí la noche... La casa es muy grande... Yo no la he visto toda, pero es muy grande.

Víctor empezó a entrever. Pero Cecilia contestó como si nada notara:

—Muchas gracias... No podemos. Vamos de camino, tenemos mucho que andar.

La dama incongruente se puso muy seria; toda la alegría se le apagó en la mirada.

—¿De camino? ¿Adónde?

—Eso no lo puedo decir... Allí, allí. ..

Se cogió la señora la cabeza con las dos manos, como si quisiera tocarse algo, dentro.

—¡Claro, claro...! ¡Pues si es verdad, si se me había olvidado! —interrumpió mudando de semblante— También yo voy de camino... Sí, hay mucho que andar...

Víctor intervino, con acento suave y bondadoso:

—¿Y usted hacia dónde va?

—¿Adónde voy a ir, hijo mío, dónde voy a ir? A buscarle a él, a Carlos... ¡Y no sabéis quién es Carlos? Todos lo saben, es un sabio, una gloria, Carlos Mendía...

A Cecilia se le salió todo el color a la cara. Se prendió del brazo de Víctor. La otra seguía:

—Me lo dejé allí, velando las armas. Me arrancaron de su lado... Pero volveré. Él me espera. A mí, a su Alicia. Porque yo me llamo Alicia, ¿no lo sabíais? Alicia Coronado.

Aunque Víctor le apartó la mano, cuando la vio abrir los labios, para que callara, Cecilia habló:

—¿Alicia Coronado...? ¿La mujer más sabia de... la mujer de Ciencia...?

—No —dijo ella, bajando la voz, en busca del tono confidencial— No. ¡Eso era antes! Cuando yo no sabía nada. Ahora ya veo claro. Lo primero no es la Ciencia, es el amor. Él también lo cree. Nos iremos los dos... Nada de sacrificios... nada de...

Se echó la mano a la muñeca; la ceñía una pulsera de metal.

—Mirad, esta pulsera me la regaló él, antes de que nos separaran... Es de oro. Mirad.

Alzaba la mano hacia sus ojos. Por no contrariarla, miraron. Era una pulsera de identificación de metal barato. En el círculo decía: "Reformatorio mental del Estado. Reclusa N° 34. Alicia Coronado". También ella huía, como ellos, de una prisión. Y como ellos, también, al revés de todos, al vórtice mismo del enigma.

—¿Qué, dudáis ahora?

Se agachó al suelo, tomó la sombrilla:

—¡Bueno, vamos! Hay mucho que andar.

Y ahora fue Cecilia la que interrogó a aquel ser extraño y dual, grotesca esfinge, y aguardó el vaticinio.

—Pero, ¿adónde?

No la defraudó la criatura de las contradicciones. Hablaba con tal exactitud, tan dueña de cada detalle, que la oían sobrecogidos:

—¿Dónde va a ser? Dónde está él. Donde está la bomba. Conozco muy bien el camino. A los laboratorios de Defensa. Es el departamento de Altos Planos. Se va en tren hasta Ontiles. Y allí...

Salían de su boca detalles precisos, nombres, distancias, cruces de carreteras, igual que si hablase por su voz una guía itineraria. La memoria le funcionaba con perfecto ajuste. La oían Víctor y Cecilia transidos de asombro. Ya sabían dónde iban; cada palabra les revelaba una vuelta del camino. Y ya, confusamente, sin poder saber lo que era, pero sí dónde estaba, se les aparecía el fin. Por obra de una razón desviada se les alumbró la recta vía.

XVI
SE ACERCA EL FIN DEL MUNDO
Y CECILIA VE SU FIN

Nunca se había comportado un fenómeno tan extraordinario de manera tan ordinaria, y regular, en su curso. Cada día avanzaba lo que se tenía previsto, ni más ni menos. Dos faltaban para que llegase a la costa oeste; tres y medio, a la del norte. A la más distante, unos cinco. La radio mantenía enteradas de estos progresos a las muchedumbres del mundo, casi hora a hora. Se agotaban las ediciones de los diarios, de Los Ángeles a Londres. Los hombres de ciencia velaban, devanándose los sesos. Los Gobiernos ya no debatían otra cosa en sus sesiones casi permanentes. Porque, ¿qué minúscula figura no hacían las mayores calamidades registradas por la historia, parangonadas con esta? ¿Qué aprovechaban aquí murallas o trincheras, ejércitos o cordones sanitarios, frente a plaga invasora de un poder tan misterioso e indefinible? ¿Si el E.T. C., el más adelantado en saber, no encontraba medio de atajarla, quién lo podría? Pero sobre todas las cogitaciones había una decisiva, cuya respuesta sería vida o muerte: ¿iban a servir los mares de barrera a aquel fenómeno? Si ellos atajaban el avance de la calamidad, el mundo estaba salvado; sólo quedaría inútil para habitación y vida humana un país, todo lo adelantado que se quiera, pero uno solo entre muchos. Lo que, de otro modo, ocurriera valía más no pensarlo; sería poner al pensamiento a pensarse su propia muerte.

Tan sólo los pobres de espíritu, los campesinos analfabetos, perdidos en villorrios de naciones atrasadas, los pastores de altura, las gentes que no escuchaban las voces de la actualidad, ni podían leer sus dichos en la prensa, seguían viviendo en paz, ignorantes o incrédulos: cuando les iban con el cuento, no les entraba en la cabeza "Invenciones de los que escriben en papeles", para uno. "Locuras de estos tiempos", decía otro. Alguno más maliciado: "Acabará en un sacadineros". Los de menor saber, y alma más cándida, sentenciaban: "¡Sea lo que Dios quiera!"

El Gobierno del E. T. C. se había llevado gran golpe de sorpresas en las gestiones de evacuación. No era fácil colocar así como así a cuarenta millones de personas. Ciertas naciones, y de las más pudientes, se mostraron tacañas y reacias; otras, de las que poco se aguardaba, lo brindaron todo. El caso es que faltaba apenas una semana para la evacuación total, y aún quedaban veinte millones de ciudadanos sin destino señalado. Por lo pronto había que embarcarlos. Luego se vería. Un funcionario de la comisión de salvamento, a fuerza de pensar y más que pensar en el apuro, desatinó: su demencia se concentraba en la visión de veinte millones de personas, a tumbos por las olas, arribando a cien pueblos, rechazados en todos; viviendo, muriendo, naciendo, en barcos que pitaban con sus sirenas día y noche, clamando por puertos que se les abriera.

Volaban los aviones de observación de varias nacionalidades sobre la zona afectada. Así los Gobiernos extranjeros no podían dudar de la realidad del cataclismo. Pero, fuera de eso, nada más se sabía. La censura no había permitido que se revelara la singularísima naturaleza del fenómeno. De modo que centenares de millones de personas especulaban sobre cuál era su composición, por qué proceso lograba sus efectos fatales, por dónde venía a herir a las víctimas. Se vivía en el vilo de las conjeturas, fabulosas o racionales. ¿Era polvo radiactivo, gas letal, nube de bacterias? ¿Cuál de los modernos procedimientos que el hombre de ciencia, ese ídolo del mundo moderno, había, metódicamente, descubierto para hacer trizas a sus semejantes, por centenares de miles, y arrasar —de paso— la tierra que le dio vida, es el que se había ahora puesto en marcha, sin saber por quién ni contra quién? Porque en una guerra los enemigos se conocen; en esta el adversario era inescrutable. Y las víctimas, los advocados a la terrible hecatombe, bien podía ser la grey humana completa.

Inútil juzgó el E.T.C. dar al mundo detalles sobre los caracteres del fenómeno y su modo de afectar a las gentes. ¿A qué bueno decir que consistía en simples burbujas de aire, cuando todos, desde el de más beata credulidad al de más arrebatada fantasía, lo habrían tomado por ridícula puerilidad? ¿Y cómo declarar que este castigo ni quemaba, ni emponzoñaba, ni hería el cuerpo, sino que a fuerza de pesar sobre los oídos, con su dolerse incesante, enloquecía o mataba a sus víctimas? De puro inverosímil parecía burda patraña con que se quería ocultar la verdad. Porque nunca una verdad había parecido menos verdad.

La vida de los hombres era expectación, cálculos, supuestos. Y de todas las expectaciones la dominante se fijaba en una cifra, un nombre: los del día en que ya se le acabara la tierra a las oleadas del desastre, y viniesen a hacer contacto con las aguas del mar. Día de la gran jugada: playas y acantilados, extraños tapetes de arena o de roca, donde la humanidad se jugaba la vida, mientras el sol o las estrellas contemplaban el resultado del gran albur, desde su altura. Esa fecha, unas cuantas personas la sabían; las autoridades superiores de algunos países, un centenar de altos funcionarios, del Regente para abajo, en la nación asolada. Pero —aconsejaba la prudencia— estaba estrictamente prohibida su publicación. Convenía dejar a las gentes en la indeterminación; la duda es aire de vida, cuando falta atmósfera mejor. Algo tan fatídico como una condena de muerte se movía en un lugar del mundo, hacia tremendo cumplimiento de la sentencia. A ejemplo de la piadosa costumbre penal, valía más que el que iba a morir no supiese que le había llegado su hora, hasta que ya estuviera encima. Así y todo, ya había habido que sofocar algunos estallidos de pánico colectivo; en un país se sublevaron las gentes, a falta de cosa mejor, contra el Gobierno. Cundían, espantable traca, los suicidios; los casos de enajenación se multiplicaban. Aunque se propuso tener abiertos los templos día y noche, para celebración de rogativas especiales, se estimó más prudente, en casi todas partes, prohibirlo, para no crear focos de alarma y desmanes de emoción. Lo que no se podía prohibir eran las conversiones; millones de gentes, indiferentes o descreídas antes, acudían a la creencia, clavo siempre ardiendo.

Tampoco la fantasía se había echado a dormir. Proyectos que daban quince y raya a los más desbaratados arbitrios conocidos, se publicaban por todas partes, si la censura lo autorizaba. Casi siempre lo hacía, porque en instantes de tal angustia cualquier pábulo es bueno para entretener los ánimos atribulados. Por lo general tales propuestas tomaban dos direcciones: hacia las alturas o al subsuelo. Dado por supuesto que la tierra se negara a seguir siendo habitáculo de terrícolas, quedaban los aires. ¡No cabía, dentro de la industria ingeniera, la fabricación de enormes urbes flotantes, a altura suficiente para escapar de los efectos de la plaga, donde se pusiera a salvo parte, si no toda, de la carga humana del planeta? Servirían, como lugar de espera, siempre al acecho de la clarificación de la corteza terrestre, y al retorno, entonces, por descenso, de los flotantes. ¡Estupendo esquema migratorio, de proporciones jamás calculadas, a regiones nubosas en que nunca se pensó! Pero como no se ocultaban ciertas dificultades del grandioso plan, la mayoría de los sufragios y las esperanzas echaban por dirección opuesta; soterrarse. Ya fuera asotanándose, con excavación de hipogeos, ya poniendo en uso las cavidades y espeluncas naturales. ¿No era cierto que en las ciudades más modernas ciertos edificios tenían cinco o seis pisos bajo el nivel del suelo? Y era menos verdad que nuestros antecesores vivieron, y sobrevivieron, a muchas adversidades, arropados en sus cavernas? Al cabo de siglos el hombre moderno se volvía en busca de lección y modelo al troglodita, y vendía su civilización, deslumbrante de eléctricos resplandores, por la calígine de una cueva. Se dividieron los hombres en dos grupos: los más idealistas se pronunciaban por la solución aérea, y el estado de nefelibatas; los prácticos, por los sotierros y la situación de cavernarios. Unos cuantos de entre los primeros, los extremistas, aun quisieron pasarse de los aires; ¿por qué no intentar las ya tantas veces planeadas travesías a planetas vecinos, relativamente? Levantó la idea ráfagas de protesta, pues se presentaba con todos los caracteres de la desigualdad social: ese modo de escapar sólo a unos pocos sería accesible. ¿Quién, y con qué criterio, iba a elegir la feliz minoría de emigrantes a Marte? La demagogia alzó su voz: "¡O todos o ninguno!" La historia bíblica repuso con la suya: "¿Y el arca de Noé?" Un tercero, de un país latino, propuso entregar la decisión a las bolillas de la lotería: jugarse la salvación. A los tres días se prohibió el debate; enconaba los odios sociales.

Los más despabilados y madrugadores, sin decir chito, ya empezaron a proveerse de medios de salvación. Lo cual dio lugar a extraño encuentro, causante de varias muertes. Y entre familias de renombre universal, cuyos nombres ostentaban, y con motivo, el privilegio de designar a los más ricos de un poderoso país; tan acaudalados, que servían de término de comparación sus apellidos con la más fabulosa riqueza. "Eres un Luquín , se decía de alguien a quien se sospechaba enormes posesiones de dinero. Los Luquines, en sus varias ramas, pensaron desde muy pronto poner sus caudales a buen uso: la ocupación y acomodación científica de unas vastas cuevas naturales, situadas en región apartada del país. Una expedición de miembros de la familia, más el séquito de técnicos de todas clases, se dirigió a explorar las prometedoras cavernas. Algo así como seis coches y veinticinco personas. Pero los Zumbías, nombre de otro grupo de banqueros e industriales que valía tanto, financieramente, como los Luquines, no se habían quedado cortos en imaginar providencias de salvamento; su agudeza fue a inspirarles la misma traza, y a apuntarles al mismo lugar. Cuando llegaron a las bocas del antio, hacía un momento que habían echado pie a tierra los Luquines. Se cruzaron miradas y palabras hostiles. Pero la hermandad del dinero alumbra siempre las concordias entre sus poseedores: muchas veces se habían convenido los dos grandes poderes monetarios para alguna magna operación de empréstito. ¿Por qué no repetirlo ahora? Había, al parecer, albergue para todos. Se desvaneció la atmósfera de pugna. Juntos Luquines y Zumbías, señores y técnicos, se aventuraron por las entradas. Ocurrió entonces lo menos esperado: en las tinieblas rompieron fogonazos, detonaciones. Dos personas cayeron, heridas. Pero ellas también iban armadas, por si algunas bestias feroces ocupaban las cavernas. Y se entabló tiroteo nutrido, con las sombras. El grupo de capitalistas hubo de retirarse: tres muertos y seis heridos en sus filas. No se explicaban la acogida. Y es que los poderosos siempre menosprecian las luces de las gentes humildes; no entendían que una aldea entera, vecina, de unos ciento cincuenta campesinos, se les había adelantado en previsión, y tenía ya tomada residencia en la espelunca desde tres días atrás. Los desgraciados se defendieron, pensando que venían a desalojarlos. Hubo cabildeos entre el grupo ricacho; se evacuaron los heridos. Con uso de banderas blancas lograron hacer salir de su guarida a varios aldeanos. No era tiempo para rencores ni amor propio. El pacto se imponía: la más extraña conferencia de los tiempos se desarrollaba allí, a la media hora. Lo que se disputaba era las profundidades de unas grutas; los contendientes, los dos polos de la escala social, que nunca creyeran encontrarse en parlamento. Y el resultado no fue menos insólito. Aquellos muertos de hambre, aquellos pelagatos, que no tenían dónde caerse muertos, se negaban a ceder sus posiciones por millón tras millón, ofrecido por los multimillonarios. ¡Creer no podían a sus oídos! Los testarudos aldeanos hasta tuvieron la desfachatez de dudar del valor del dinero en aquel trance. Se devolvió la doble caravana a la ciudad, con varios miembros, y toda su esperanza, de menos. Alboreaba ante sus conciencias hecho estupendo: el dinero no servía. Al día siguiente una de las herederas de los Zumbías decidió meterse a monja y renunciar a las riquezas temporales. La noticia del encuentro trascendió al Gobierno. En el acto se publicó un decreto declarando todo el subsuelo propiedad nacional. De nuevo los legítimos intereses del capital, de la libre competencia y de la propiedad se veían vulnerados por un atropello de poder demagógico.

En la ribera este del territorio de E.T.C. el mar entrante había dibujado graciosamente tres hondos senos. Era de en medio, Caleta Honda, el que más penetraba en tierra. Allí es donde habría de suceder el suceso de que tanto dependía: ese nuevo misterioso elemento, que parecía gas y no lo era, se arrojaría al otro, al viejísimo, creado el primer día del Génesis, las aguas marinas. Las burbujas sin causa se tropezarían con las movidas por el oleaje rompiente en la roca. ¿Sería aquél tocamiento de amor, que nada destruye, o de odio, que aniquila a lo otro? Quiso la casualidad que el punto más adentrado de aquel golfo, el lugar preciso del encuentro, estuviese ocupado por un suntuoso edificio de recreo, casino, piscinas y demás amenidades ofrecidas al ocio dorado. Allí en la playa reservada, donde tantos cuerpos se habían dado al mar, a la arena y a las miradas, y que las celebridades tomaban de favorito, escénico, fondo para unas fotografías, que acreditaban a los retratados de pertenecientes a la crema social, se contestaría la pregunta más grave de la historia. El solar de las frivolidades se alzaba a la categoría de altar del oráculo. Afamado en todo el mundo, por sus salas de juego, ahora posadas las ruletas, recogidas las barajas, se disponía al magno lance: la puesta que se atravesaba, dejaba aquellas con que rajás indios o millonarios americanos habían señalado la marca, ya que era el proseguimiento de la humanidad, vida adelante o el fin del mundo: la única jugada que los engreídos humanos pensaban que le tenían prohibido al destino. Ya los alrededores estaban acotados, guardados, y llenos de puestos de observación. Allí se congregaría lo mejor de la comunidad de científicos, a ver si lograban nueva prórroga para seguir haciendo felices a los hombres con su ciencia, o tenían que rendirse a la idea de ver a un mundo, que ellos habían perfeccionado a tal extremo, volver al caos. Todo estaba previsto. Día, el 6 de junio; la hora, para mayor lucimiento, la una de la tarde. Las cabezas de los que se hallaban en el secreto, se habían vuelto blanca lámina, hoja de almanaque, donde con letras de rojez exaltada se leía el número y el nombre: martes. Buen agüero: advocación del dios que no se rinde, el dios de las armas.

La noche del viernes se recogieron los tres caminantes, siempre en su ignorancia, y en su camino, a pasarla bajo un tinglado de una granja, sobre mullidos montones de heno. Todo era paz, entre las altas estrellas y los grillos rastreros. El aire, tan descansado, no negaba ninguna delicia: ni la templanza, ni la pureza, ni casi la vista. Allá a la madrugada aparecieron por las faldas de las colinas pelotones de burbujas, descendiendo sin prisa hacia la granja. Víctor fue el que lo sintió primero. Se despertó y, sentado en la paja, con la cabeza agachada, se puso a escuchar las voces terribles, sin mirar a ninguna parte, solo con su asombro. Muy al poco, la doctora empezó a agitarse; habló, entreabriendo los ojos: —¡Qué pájaros, cuántos pájaros! ¿Por qué cantan así?

Víctor no contestó. Cecilia se despertó la última. Despacio; llevándose la mano a los oídos, no con ademán de tapárselos, más bien de reconocimiento y caricia. Pasándoselas luego por la frente, cual si quisiera despejar de algo. Se alzó del suelo, dio una vuelta sobre sí misma, mirando a todas partes. Un gran suspiro de alivio le salió del pecho:

—¡Así tenía que ser...! ¡Quísolo Dios!

La doctora, del todo despierta, echaba la vista a lo alto, como encantada:

—¡Precioso, precioso, pajarillos de colores! ¡Y cuánto pían!

Cecilia y Víctor la contemplaron, compasivos. Suerte tenía que el fenómeno se le presentase así a manera de incesante festival de innumerables aves, que no se cansaban de vuelos y revuelos, de píos y zureos. Ellos nada dijeron. Estaban los tres juntos, envueltos en la misma atmósfera fantástica, pero cada cual se había retirado a sentirla, a su modo, sin proferir más que exclamaciones, a nadie dirigidas. Pasaron unos minutos, y la muchacha y el hombre se fueron en demanda de agua, para su aseo; al empezar el día con tal sujeción a la costumbre denotaban que ellos ya habían aceptado, por natural medio, en el que habrían de seguir viviendo, aquel ambiente que ponía en fuga a cuarenta millones de personas. Lo mismo que las gallinas, que picoteaban por alrededor, que una vaca mugidora, que los perros durmientes, que el sol. La doctora notó la primera aquella indiferencia de las bestias:

—¡Lástima que no lo oigan...! Pobres animales, tan insensibles...

Ya habían empezado su desayuno. Víctor y Cecilia comían con cierta gravedad. Tenían conciencia de que aquella leche, aquellas frutas, aquel queso había de transmutarse en lo que más necesitaban: en fuerza de alma, para resistir el desafinado coro de la queja. Masticaban buscando el único aliado de su espíritu, en empresa que no sabían muy claro en qué consistía. Comer no era placer ni satisfacción, sino adiestramiento preparativo para la larga lucha. Por eso comieron tanto aquella mañana.

El ulular era tremendo. Cambiando de tono, ondulando, elevándose hasta el alarido, para luego bajar al sollozo ahogado; mas sin ninguna regularidad que permitiese consuelo del náufrago; abandonarse a la relativa certeza de subir a lo sumo de la ola y después descansar en lo bajo. A veces, cuando se aminoraba la intensidad de los gritos desgarradores, y esperaba el oído un alivio —el alivio no era más que un aturdimiento de las quejas, un empañarse los gemidos—, volvía a romper el ¡ay! más agudo y sostenido que antes. No cabía comparar aquello más que por transporte a otro elemento: era sentido igual que el llover espeso, que a más de azotar la cara, picarla con mil lancetas frías, se corre por la piel, llega a todas partes, y, aunque pasa y resbala a lo largo del cuerpo, se queda allí encima, envolviéndolo en su frialdad penetrante. Pero el ánimo tenía, por lo visto, mucho menos resistencia a este temporal de la quejumbre, que el cuerpo al agua. Apenas lo habían resistido los hombres unos minutos (los casos de aguante máximo registrados por los observadores eran de hora y diez) se sentían empapados de aquel plañir, que los ocupaba en su persona entera, su razón, su espacio de vivir; y enloquecían, caían sin vida, porque ya no había sitio en su ser sino para aquello. Fuerza natural no la había que lo soportara; así se había probado; y, por saberlo, un pueblo entero se daba a la fuga. Para arrostrarlo, para ir en su busca, menester era una extraordinaria fortaleza de condición, unas dotes de anormalidad humana, lindantes con la insania, y que, inútiles o dañinas en circunstancias corrientes, ahora podían resultar modos de salvación. La locura misma, la completa enajenación, no servía; se necesitaba un estado de naturaleza ambiguo e intermedio, un lunatismo lúcido y con propósito, una razón operando con el semblante del desvarío y sin serlo; un saber humilde y ciego, hermanando con una aceptada ignorancia que no oscurecía la meta de la empresa, vislumbrada sólo por el alma. Nadie en su juicio, ni nadie fuera de él, capaces de sobrevivir.

Cambiaron pocas palabras antes de echarse al camino.

—¿Tú lo entiendes? —preguntó Víctor.

Cecilia le respondió, afirmando, con la cabeza, y mirándole muy fija.

—Yo no. Pero creo que voy a entenderlo... Si no me faltan las fuerzas.

Cecilia se le arrimó y, sonriendo, le acarició la frente con la mano:

—No, no te faltarán... No lo querrá Dios...

No era difícil dialogar, porque tenía el fenómeno la peculiaridad de dejar pasar las voces humanas, a través del tumulto de gemidos, sin mudanza alguna ni necesidad de esforzarlas. Así seguían combinándose, conviviendo en él lo natural y lo extraordinario. Pero lo cierto es que hablaban menos ahora. Diríase que se iban volviendo hacia sus adentros, que las voces de la quejumbre les hundían en sus conciencias más y más.

Al descanso, después del almuerzo, Víctor preguntó de nuevo:

—¿No quieres explicarme, tú que lo entiendes, Cecilia?

—Querer sí lo quisiera. Pero no puedo. No es de explicar, si tú no te lo explicas. Ten paciencia...

Víctor sufría; no del material contacto con los sones terribles que no cesaban de herirle, sino con la presencia, tras de él, de un arcano que quería hablarle; y su voz es lo que no se oía. Si no se clareaba él mismo, si Cecilia estaba impedida de alumbrarle, ¿de dónde le iba a venir la revelación? Vino por donde menos lo esperaba.

Anduvieron sábado y domingo, sin más novedad que aquella en que iban envueltos a toda hora. Las nubes de burbujas estaban adueñadas de todos los aires; la vista se hacía muy bien a ellas, sin fatiga ni disgusto, pues su transparencia no rebajaba la luminosidad, y los ojos se distraían con aquel remolinear cristalino. Eran los oídos los que recibían el embate continuo, al romper sobre sus tímpanos las acometidas del angustiado clamor. Los pasajeros platicaban poco; no era difícil el camino, porque todo les estaba abierto y preparado, las carreteras sin nadie, las casas disponibles, y a los alcances el condumio. Víctor había encontrado un mapa donde estudiaban su ruta, y adelantaban sin tropiezo ni extravío. En cada cruce los letreros indicadores les aguardaban; parecían hechos sólo para ellos. Algunas bestias les salían al paso de vez en cuando. Huidas de los poblados, de la domesticidad, retornaban al vivir suelto y salvaje. Se le ocurrió a la doctora, la primera como juego, hacerse con algunas monturas para adelantar más de prisa. Cecilia, sin declarar por qué, se negaba. Pero el domingo por la noche, como que la doctora empezaba a dar señales de exaltación, alternadas con abatimiento, y que se le empobrecían las fuerzas, se apropiaron de un caballo desgarbado y mansurro que les había seguido un trecho de la ruta; y en él pusieron a cabalgar a la desatinada.

Avanzaba el singularísimo grupo de peregrinantes, en el centro la caballera, con los dos peatones a los lados, y tres o cuatro canes que se les habían juntado, y retozaban, por alrededor, ladradores y saltantes, regocijados de hallar alguien de la casta de sus amos desaparecidos. Ya se acercaban a las tierras baldías; la tarde siguiente, antes de poder acogerse a ningún techo, que no lo había a la redonda, les cayó encima un aguacero de dos horas. Durmieron en un chozo. Alicia tiritaba, borbollaba despropósitos, sin parar, en su yacija. Hasta las tres no se quedó dormida. Victor se sentía al extremo de sus fuerzas; el agobio de su alma, golpeada hacía varios días ya por los quejidos, se le pasaba al cuerpo, a los miembros doloridos. Pero, sobre todo, le acongojaba el seguir sin entender, el sufrir voluntariamente, pero sin claro saber del último porqué. Oía patear al caballo; se le cruzó por el alma una ráfaga de cobardía: tentaciones de montarlo, de escapar, él también, por donde iban todos, si aún le era dable. De miedo llamó a Cecilia, sacudiéndola para despertarla:

—Cecilia, ¿no puedes decirme nada? ¿No sufres tú? ¿No te duele?

—Sí —contestó ella serenamente—. Pero no es nuevo. Los he oído muchas veces en mis adentros esos ayes, esas quejumbres. Y entonces me hacían sufrir más, porque me parecían alucinaciones mías, sin realidad, mentiras de dolor, angustias falsas. Ahora sé que son de verdad. Los reconozco. No estaba yo loca, no.

—¿Verdad? Pero, ¿de quién, de quién? ¿De dónde salen?

—No salen de nadie ahora. Salieron.

—¿Salieron? Háblame, dime más. Voy yo también a perder el seso.

Señalaba a la doctora.

—No, tú no. Tú sabes lo que es sufrir, ten paciencia. Y si sintieras que ya no puedes más, déjame. No me sigas por compasión, ni por compañerismo. Sígueme porque tú quieres ir adonde yo.

Las palabras le sosegaron. Durmió un rato. Al despertar, el cielo despejado; un sol caliente. Miró alrededor: Alicia no estaba. El susto le puso en pie; salió afuera en su busca. La doctora, sentada en una peñuela, no lejos, se inclinaba sobre un papel, que tenía apoyado en la rodilla: escribía, absorta. Alrededor los perros, los cuatro canes seguidores, le hacían guardia, echados en el suelo; uno, el mastín, recostado sobre las patas delanteras, muy despierto, olfateaba como venteando peligros, asumida la capitanía de la escolta.

Víctor se acercó, con cautela. Ello, lo que escribía sobre el papel, eran cifras y cifras.

—Buenos días, doctora...

Alicia levantó la mirada, se detuvo un momento en la escritura.

—Buenos días... ¡Aritmética, Víctor, aritmética; ese es el principio de todo! Ella, la madre de las ciencias. ¿Quiere usted decirme qué sería de nosotros sin los números? Siempre me fascinó el Oriente, por ser la cuna del contar. ¡Esos chinos, esos chinos! ¡Ese "Libro de permutaciones"!

Fijaba los ojos en el aire, cual si allí estuviese, suspenso y abierto para la admiración, el mismísimo cuadrado mágico.

—Porque ha de saber usted que ya he visto claro. Estos días estaba como loca... Y se me figuraba que eso —señalaba a las burbujas circundantes— eran pájaros. ¡Qué disparate, verdad! Si usted se lo cree, también, anda equivocado. ¿Sabe usted lo que son?

Bajó la voz y, poniéndose en pie, se acercó a Víctor. Los papeles los había dejado sobre la piedra, pero colocado un guijarro encima, para que no se soltaran. El perro lebrero se alzó, y vino a oliscar las hojas, un momento; volvió luego a enroscarse, y a su sueño.

—Pues son quejidos, ayes. Sí, señor... Muchos ayes. Pero, ¿qué quiere decir eso; muchos...? Imprecisión, imprecisión... Ganas de escaparse de la ciencia, que es contar, medir... Escaparse de los números, que no se les cuente. Hacerse pasar por innumerables... ¡Ja, ja! ¿Es que hay algo innumerable? Nada, ni los muertos... Es el progreso moderno. Ya ve usted, antes de nuestros tiempos, las gentes se morían sin contar... Pero hoy nuestros servicios de demografía son perfectos; la estadística funciona a maravilla. Hoy, Víctor, no se nos escapa un muerto, créame.

Le había tomado del brazo y daban paseos, arriba y abajo, sin alejarse mucho de la peñuela. La perrería, al ver las figuras de sus amos en movimiento, se había alzado, y les seguían el paso; el lebrero se arrimó a la doctora frotándose en las faldas, menesteroso de caricias.

—Ya ve usted: en las tres grandes operaciones de pacificación del último estado dinámico de paz (aludía a la guerra más reciente, claro), nueve armas superatómicas se emplearon, arrojándolas sobre grandes centros del país impenitente. Sí, esas nuevas bombas, en cuya elaboración trabajamos juntos Mendía y yo. Dicen —añadió inclinando modestamente la cabeza— que es mi obra más útil, mi mayor contribución a la Ciencia. Pues bien, se logró saber, con rigurosa exactitud, cuántos fueron eliminados, permanente o temporalmente, en esas operaciones. Si usted quiere que nos expliquemos con términos groseros, dramáticamente, los muertos y heridos. Me acuerdo muy bien: quinientos cuarenta y cinco mil doscientos once, eliminados permanentemente. Un millón doscientos cuarenta y...

Hizo pausa un momento... Con la mano derecha rascaba la testa del perro, nerviosamente, cual si buscara, allí, asa para su memoria.

—¡Nada, no recuerdo el pico...! No puedo. Bueno, serían seis o siete mil. ¿No es asombroso? ¿Usted se da cuenta de lo que se ganó con eso? ¿El valor de estos datos, en concurrencia con otros, para investigaciones ulteriores? Esas cifras nos están ayudando para el perfeccionamiento de nuevos instrumentos de paz, como usted no sabe. Un momento... perdone.

Se había levantado una ventolera y los papeles se movían aleteantes. La doctora los recogió y, apretados en su mano, volvió al paseo. Víctor sufría indeciblemente. ¿Todavía oiría más?

—¡Sí, aquella operación!... Hubo alguien, un retrasado mental, un inadaptado peligroso, ese anarquista. Víctor Ensenada (es curioso, se llama Víctor, como usted), que se sirvió de esas cifras para acusarnos al doctor y a mí, y a nuestros colegas, de inhumanos... De enemigos de la humanidad... ¡Tiene gracia! ¿Y por quién trabajamos nosotros, sino por ella, por la humanidad? Ese anormal no sabía lo que se ganó con esas pérdidas de vida... Ya ve usted qué consecuencias absurdas se pueden sacar de los números... Pero no importa, en ellos está la verdad.

Cecilia desde la puerta del chozo les llamaba:
—¡Vengan, vengan a desayunar...!
La doctora grito:

—Espere un momento, estoy explicando a Víctor mi proyecto... Pues es muy sencillo —siguió—. Esto que nos rodea son quejas. Las quejas son expresiones de dolor. ¿Varían, no es verdad? Hay suspiros y gritos, ¿no los oye usted? Y ahora, amigo mío, escúcheme bien. Aquí viene la revelación.

Cecilia se les había acercado y, sin decir nada, andaba a compás de ellos, escuchando.

—¿Qué hacen aquí todos esos quejidos? ¿De quién son? ¿Qué dolores expresan? Eso no importa. Yo soy una cabeza científica. ¿Qué se me da que puedan proceder de heridos, de enfermos, de agonizantes, de víctimas de...?

Se quedó profundamente seria: una luz de miedo, de sombrío pavor, se le asomó a los ojos:

—... de... por ejemplo... de operaciones con bombas de radioactividad... de... Pero no importa, no importa ... no importa. ¡Eso no es cosa mía! ¡No importa!

A cada negativa, no se sabe a quién dirigida, más se airaba, más se exaltaba la voz.

Se detuvo. Los gritos subían de punto. Se había soltado del brazo de Víctor, y echado los suyos por el aire, blandiendo el manojo de papeles. Los canes brincaban, alacres, creyendo que les ofrecía una presa, con plumas. Les miró y, cual si fueran los inexistentes afirmadores de lo que ella se negaba, les dijo iracunda:

—¡Qué me importa, que no... os he dicho!

De repente mudó de tono; se le apagó el arrebato, volvió al explicativo:

—De modo, amigos míos, que yo deduzco que las quejas estas son producto científico. Han sido aisladas, disociadas, de su humanidad y traídas aquí, hasta mí, como ocasión y favor de la fortuna para que se me ocurra mi proyecto: la contabilidad de la expresión del dolor. Antes, el material era difícil de observar; imponía aproximación a escenas emocionales. Aquí, está extraído, neutro, deshumanizado, a nuestra disposición. ¿Qué falta? ¿Clasificarlo, contarlo? ¡Nos hallamos frente a un campo nuevo: ahora, a estudiar, a descubrir las leyes! ¿Y sabéis quién sospecho que ha sido capaz de obtener estos extractos? Él, Carlos Mendía... Allá, allá, la última vez que le vi, se me figura que andaba tras de eso... Él, él es el que me las manda.

Cecilia, al ver a Víctor temblar, le había tomado del otro brazo. Andaba entre las dos mujeres. En la sangría del lado siniestro sentía la convulsa apretadura de los dedos de la doctora, aflojándose, creciendo, como el terrible pulso mismo de la demencia. En el izquierdo, la presión suave, firme y sin dureza de la mano de Cecilia.

—¿No los oís? No son nada, eh... no son de nadie... Ni de mujer, ni de niño, de hombre, no... Os digo que no... La ciencia es impersonal... ¡No quiero pensar en hombres, no, no!

Se le extendió por la cara una vaga ráfaga de alegría asombrada, como del que descubre algo muy placentero:

—¡Eso, eso! Él, Mendía, él, lo encontró. Y no son extractos, no: me equivocaba. Él ha fabricado la queja sintética, el primero... Embuste eso de que el lamento nace del corazón, del sufrir. ¡Mentira! Ahí los tenéis, creados por él, en el laboratorio.

Más perfectos que los naturales; no, no son hijos del dolor de los hombres, naturales. ¡Falso! La Ciencia los hace, como lo hace todo.

Cecilia miraba a Víctor, le buscaba los ojos, anhelosa de animarle también, allí. Él había perdido la expresión de extravío; ahora no fijaba la mirada en nadie, la echaba derecha, por delante, igual que si empezara a vislumbrar algo y no lo soltase ya de la vista, hasta descubrirlo del todo. Se sentía doblando las últimas encrucijadas del laberinto delirante por donde le llevaba la doctora. Cerca, el fin.

—¿No lo creéis? Entonces, si tanto plañido es de seres humanos, ¿dónde están? Que salgan, que se nos muestren... Con sus caras... si... Vivos o muertos...

Su mismo dicho le arrancó una carcajada:

—Vivos... o muertos. ¿Estaré loca? Como si los muertos se quejasen... desde el otro mundo...

Víctor se desprendió de la mano de la doctora. Cecilia le soltó de la suya. Se quedaron parados, apartándose un poco atrás, cruzando las miradas, fundiéndoselas.

La doctora ni se fijó que seguía andando ella sola. Monologaba:

—Me necesita... Voy a él... ¡Pronto, de prisa...!

Apretó el andar, derecha. Iba en busca del caballo, seguida por sus canes. Montó en él casi de un salto. poseída de repentina energía... El animal dio una arrancada y salió al galope, hendiendo la atmósfera burbujeante. La doctora soltó las hojas de sus cuentas; revolaron, se mecieron por el aire, fueron cayendo y aun corrían, rastreras, por el suelo. Tres de los perros les acosaban por detrás, al cobro. Otro persiguió al caballo, aullando furioso. El podenco, con un papel en la boca, se vino saltando hacia Cecilia y se lo dejó a los pies, ladrando de alegría. Ella no lo veía. Fue Víctor el que se inclinó a cogerlo, el que miró su hoja cubierta de números y empezó a hacerla trizas, que el aire obediente dispersaba. Otra vez alzó los ojos enternecidos de revelación, a Cecilia: sin acercarse, sin tocarla, la abrazaba en la comunión del hallazgo:

—¡Ya sé. .. ya sé...!

Y pronunció el más extraño epitafio que se puede poner sobre criatura alienada:

—¡Tiene razón...!

Lo repitió, como si supiera lo que ya había pasado, corrigiéndose:

—¡Tenía razón... sin saberlo! Tú sí que lo sabías... Vamos.

Los perros, devueltos de la inútil caza de la caballista, les cercaban de miradas húmedas y palpitantes, esperando, anhelando.

XVII
EL MAYOR NEGOCIO DE LOS SIGLOS

Vivía el mundo, al cabo de tantos siglos de discordia, apretado en estrecha solidaridad: la del terror. Todos, con el mismo pálpito, con el mismo afán, todos. Se acercaban las naciones, buscándose: carnerada medrosa, creída que ya así, con el arrimo, se defenderían de la manada de lobos, amenazantes en la distancia. Países negros del África, blancos de Escandinavia, arios y semitas, todos uno.

Si fracasado habían tantos ideales excelsos, para agrupar a los pueblos en acorde comunidad, ahora el más primitivo estímulo, el más animal, huir del peligro, sobrevivir, los tenía arracimados frente a un solo antagonista, que se precipitaba sobre ellos sin estandartes, ni colores, ni jefes, ni rostro: la muerte. Discordes los hombres en todas las materias de elección, concordaban, ahora, en una negativa patética, en negarse a morir. Y, sobre todo, cuando no se sabía por qué, ni de quién les venía la muerte; y cómo venía así, en despaciosa agonía fatal. Las aprensiones del fin del mundo se habían presentado antes a las imaginaciones en forma de fulminante fenómeno: la más frecuente de cometa caudato o crinito, que un día azota con su cabellera este planeta y, en un segundo, lo aniquila. Bueno es saber que el hombre de prestado, que sobre su cabeza puede desplomarse, en cualquier momento, la calamidad: pero el plazo es siempre incierto, y la vida tiene márgenes inmensos donde apacentar las ilusiones. Ahora la vida, ya fuese prosaica historia o cántico de hermosura, parecía texto que ve las márgenes que le encuadran, los cuatro blancos lados, reducirse más y más, irse mermando, llegar a su letra; invadirla, morderla, borrando palabras y líneas, hasta que la blancura vacía, sin sentido, conquista la página entera, y desaparece todo vestigio de cuento o de poema. La tierra iba a volver a su gélido vacío, albura sin significado, cuando el desastre acabara de borrar sobre su haz todos los rasgos que las andanzas de los humanos trazaron y trazan, con el mover de sus cuerpos y almas, yendo, viniendo; rasgos de infinita variedad, unos groseros, como palotes de párvulo, otros bellísimos, como muestras de calígrafo. Sí, aquellos pelotones de burbujas tachaban lo humano, los seres y sus obras, cual si denotaran con eso tremendo juicio: que todo lo humano era redondo error, equivocación imperdonable, merecedora, sólo, de total borradura.

Pero el hombre no quería resignarse así como así a desvanecerse de su planeta sin dejar rastro y constancia de las grandezas de que había sido capaz. Había que salvar algo. Supuesto que la vida humana se cancelara en la tierra por obra de ese fenómeno arrollador, ¿no cabía suponer que aquel nuevo elemento gaseoso desapareciese un día y los lugares asolados volvieran a prestarse al respiro y las obras de los hombres? Esta humanidad, a punto de traslumbrarse, soñaba en otra, alboreando en incierto futuro, nueva pero sucesora suya al fin y al cabo. ¿No era de consejo, entonces, probar a que se salvara, si que no fuese más que un muestrario; lo más precioso que el hombre creó hasta entonces? De este modo, si resurgía algún día el *homo sa-*

piens, en lugar de hallarse en adánico estado, al principio de su carrera por el mundo, allí podía encontrar el legado de sus antecesores, espléndido equipaje para la nueva marcha. Desinteresada deseo, sin duda, de que aprovecharan los futuros de las experiencias de los de su linaje. Pero ¿no se sentía en tal proyecto egoísta impulso del hondo del alma, última y titánica tentativa de no morir, de dejar seña de sus existencias, de ser recordados, imaginados? Los hombres querían convertirse en historia; ser, cuando sus vidas personales abdicaran de sus cuerpos, sus historias. Ofrecerse a un mañana improbable, desde este hoy que parecía seguro, como personajes de un pasado. Bullían los proyectos. Cuadros y esculturas, debidamente embalados, con sus nombres y sus señas, durmientes en espera de los nuevos ojos que acaso nunca llegarían. Máquinas y artefactos, demostrativos de las industrias y el ingenio de aquella humanidad, a quien ninguna de estas máquinas pudo salvar. Todo lo que no era natural —eso estaría allí, siempre—, toda la obra que los humanos habían añadido a la simple creación, relato del Génesis. Un mundo se quería tornar museo, ejemplo de su poder, antes de perderse —trágica ironía—, impotente, en la nada.

Hubo algo más. ¿No era aquella agonía, conocida, observada en cada uno de sus declinantes pasos, acontecimiento incomparable a ningún otro por su misteriosa rareza y su universalidad? Tema sin rival ni en Troya, ni en Cartago, para que el espíritu humano le dedicara su canto del cisne. Ya quedaba dicho a los hipotéticos venideros, en los libros de historia, cuántas y cuán magnas cosas habían hecho antes de hoy sus mayores. Pero se imponía historiar este último suceso —y no de su factura—; tratarlo, también, por la fantasía: tamaña catástrofe boqueada, gritada por cronistas y poetas. Y así, en medio de los terrores, se abrieron concursos de obras de historia, de novelas y de poemas, todos aplicados a relato puntual o exaltación lírica de asunto tan excelso como la creación del hombre, y condigna pareja suya: su precipicio en el no ser.

Aquellas medidas de los Gobiernos sirvieron de lenitivo sin igual a las angustias. Por millones, las gentes se afanaban, día y noche, sobre el papel; tanto los que de sólito, y por profesión, escribían, como los que nunca pensaron en hacerlo. Evasión de la vida, evasión de la muerte, sus palabras cumplían función doble. Por lo pronto, y al menos, les evitaban la pena de esperar en el vacío, u ocupándose en quehaceres que ya no tenían sentido. Y, en el caso de más suerte, lanzaban sus nombres por el tiempo, en la ilusión de que unos ojos futuros les recogiesen en otra alma. Así se vio a bolsistas, a notarios, a hombres de deporte, que ignoraban o menospreciaban las letras, abandonar lonjas, escritorios, gimnasios y darse a escribir día y noche. No se pensaba mucho —la razón funcionaba con lamentable parquedad— en si habría jurados bastantes para leer, tipógrafos para imprimir sus escritos. La humanidad había llegado a la más inesperada situación: escribirse su misma elegía, componer sus adioses al mundo, ahora que se terminaban los lectores; por si volvían. Actividad increíble; los humanos trabajando, puliendo el epitafio que nadie leería, sobre su fosa total, la tierra.

No obstante, en algunas cabezas la razón se encastilló, sin que ni siquiera el espanto pudiera desalojarla. El credo positivo, en una de sus formas más vulgares, el materialismo práctico, se negaba a aceptar aquel hecho por harto fantástico. No podía ser. Fue entre las gentes más contacto con forma muy evidente de la realidad, la económica, gentes que para ella, y de ella, vivían, grandes industriales, magnos capitalistas, donde halló sus héroes. En el E. T. C. ya encontró algunos, los primeros en dar con la nueva idea. En seguida se entendieron con sus afines del extranjero; empezó a funcionar la internacional de la alta y baja Banca. Arrancaban de concepción del poder: el poder es la riqueza. Firmemente persuadidos de que aquel desastre cesaría antes de consumar obra total de aniquilación del hombre y sus productos, se aprestaron a salvar lo que era asiento de sus vidas, dogma de sus creencias: la riqueza. Empezaron consultas, viajes, cabildeos, más o menos secretos. El instinto comercial y financiero fue espoleado, por lo desusado de la situación, a planes y acciones no menos descuidados. Dicho en poco: aquello —sin más calificativo, fuere lo que fuese— podía ser negocio. Sólo se trataba de mirarlo como tal. ¿No se había logrado traer a la órbita del negocio casi todas las cosas humanas, en la presente sociedad? Así el amor, explotado en el cine, en los anuncios donde se hacía creer a las mujeres que un verdadero amante es el que regala más preciosidades venales a la amada. Así la muerte, que mediante el ingenioso expediente de los seguros de vida se trocaba en riqueza para los felices supervivientes, beneficiarios de las pólizas. Negocio la voz, bien explotada; negocio los músculos, en el circo, debidamente adiestrados; negocio la imaginación, si daba su obra con un editar que supiera anunciarla. Negocio la monstruosidad, si se alojaba en su barraca y corría por las ferias.

Por supuesto, la riqueza, en su forma simbólica y convencional, era ya de dudoso valor. Amontonar billetes o acciones de grandes compañías no podía conducir a mucho. ¡Que se lo llevara la trampa! Pero ¿y los cuerpos mismos, augustos, donde cobraba forma visible y tangible la riqueza, como el oro, las joyas? Un lingote del metal, un brillante, valdrían siempre. Tal era la firme convicción de aquel grupo de avisados. Y se veía ya, al alcance, negocio de proporciones ajustadas, en su fabulosa magnitud, el fenómeno. El negocio más extraordinario de aquella, la más extraordinaria hora de la historia. Había que aprovecharse del pánico, del abandono por millones de gentes de sus preocupaciones materiales; comprar a bajísimo precio, casi por nada, lo que para tantos desesperados o incautos ya había perdido su valía, los bienes preciosos.

Se propuso a los Gobiernos más propicios —los más lejanos al foco del desastre— adquirir de los Gobiernos más amedrentados —los más próximos— sus tesoros en lingotes áureos. De esta suerte, una nación confiada y hábil podía hallarse, al fin del trance, en posesión de la riqueza de medio mundo. Esta era la fase de gran altura de la grandiosa especulación. Los interesados en ella ardían en entusiasmo. ¿Cuándo se había dado semejante coyuntura? La audacia de unos pocos, explotando el apocamiento de los más, resultaría en la operación financiera que ni Fúcares ni Rothschilds soñaron nunca. Luego venía la fase segunda que, bien llevada a cabo, no carecía, ni mucho menos, de promesa. Reunir, en unas pocas manos, el tesoro en joyas y piedras preciosas de los infinitos cuitados que se figuraban que esas alhajas ya no pasaban de puros carbones, tesoro de duende. Empezó el cambalache, la colecta, en el lugar cuna del desastre: se prestaba a maravilla. La gente se desprendía de sus joyas por cualquier cosa, chirimbolos de viaje, ropa, comestibles, hasta dulces y chucherías. También alcanzaban gran valor de cambio las medicinas. Porque los agentes el negocio llevaban en sus coches tanto pastillas dormitivas como pelotas de goma. El buen comercio ha de ministrar a todos: a los mayores, que buscan el descanso; a los infantes, que lo huyen.

El promontorio que cerraba la costa Norte de Caleta Honda, a unos diez kilómetros del Gran Casino, estaba salteado de lujosas residencias estivales. Todas desiertas: sus dueños y servidores, evacuados, sin duda; pero una lucha donde aún quedaba gente. Villa Edén. Su amo —de ahí le venía el título— era Director de una gran industria de flores artificiales, tan próspera, que ya iba desterrando de millares de hogares las imperfectas imitaciones naturales de sus productos. Montánchez, joven, poco más de treinta años, estaba afamado como hombre excepcionalmente emprendedor y atrevido: había medrado mucho en poco tiempo, y se le miraba como el industrial de más porvenir de su generación. Alguien dijera de él: "¡Huele el negocio a la legua!" Cuando llegó el momento de evacuar aquel contorno Montánchez salió con su familia y sus criados, hacia un puerto de embarque. Pero dos días después volvió, solo, en su enorme automóvil; y solo se encerró en Villa Edén, con las puertas de entrada al amplio parque bien acerrojadas. Tres o cuatro veces habían llegado a ellas automóviles, que se anunciaban con toques de bocina, al parecer señales convenidas; siempre Montánchez venía él mismo al portón exterior, y les franqueaba el paso. Los coches no volvían a salir.

Salieron todos, al fin, una tarde, ya a boca de noche. En el primero, guiando la caravana por la carretera particular que iba a la playa y embarcadero privado de la finca, trescientos metros más abajo, Montánchez. A muellecito estaba atracado "Floral II", su yate; él y los cuatro acompañantes comenzaron a descargar de los coches bultos y más bultos. Maletas, sacos de variadas dimensiones, que pasaban al barco. Pesados debían de ser porque en aquella calina de junio se les veía sudorosos, yendo y viniendo con las cargas. Luego se embarcaron, sin cuidarse más de los automóviles vacíos. Zarpó el barco; esbelto y ligero, sus motores le empujaban, suave y poderosamente, por una mar rizada, animada de cabrillas y palomas. Era hora de cena y los tripulantes la observaron, acompañándola con buena bebida. Fue Montánchez el que destapó el champaña del antiguo, del bueno, el que propuso el brindis: "Por ella, por la mercancía —señaló al lugar donde iban los bultos—, porque no nos cojan los piratas". Todos se rieron; Montánchez tiró la botella vacía al agua. "De este vidrio no lo queremos, los llevamos mejores". Se repitió la risa, coreada. Fumaron un rato y luego se fueron recogiendo en la camareta, hasta que Montánchez se quedó solo, echado en su silla de lona, en el puente.

La noche, clara y brillante. Boca arriba miraba a las estrellas, centelleantes. ¿Quién las numeraría? Tantísimas, que semejaba pura ilusión el intento de someterlas a cuenta. Eran eso: innumerables. Y, además, fulgentes, titilando, coruscando todas, demostrando su autenticidad por lo puro y potente de sus fulgores. "No, no son falsas —se pensaba Montánchez—, son de verdad todas. Nada de similor". Sin quitar los ojos de la cara de las constelaciones en lo alto, la mirada de su imaginación recorría otro cielo, también poblado de resplandores sin número, lucecillas que salían cada cual de su lucero, de su piedra diamante o rubí. Asimismo estas, innumerables: de cómputo, por lo muchas, difícil. E imposible el cálculo de lo que estas estrellas, las suyas, rendirían, vueltas en moneda. Contemplando un cielo, arriba, lo traicionaba, lo mancillaba, al adorar desde su corazón las galaxias del otro, amontonadas abajo, en los sacos. Sí, él había cogido el cielo con las manos; el bueno, el legítimo, porque el cimero, ése, no le importaba: bueno para los astrónomos, o los chiquillos. Las Pléyades, Casiopea, el Delfín, el Auriga... no eran negocio.

Le entraba un sueñecillo tan acariciador como la brisa que soplaba del lado de tierra. Sólo el piloto quedó despierto. El yate iba arrumbado mar adentro, de espaldas a la costa. Cruzaba ahora por delante de Caleta Honda aunque ya alejado de tierra. El piloto vio una como neblina que le salía al paso. Iba rasera y no parecía espesa; emproó el yate hacia ella, la cruzaría pronto. Así, con tal sencillez, salió de este mundo el "Floral II", con sus hombres, sus pedrerías —paseadas sobre carnes hermosas en tantas fiestas—, para entrar en otro, del que no se podía salir, mundo de infinitas quejumbres sin cuerpos.

Y, en el acto, los motores pararon en seco. Empezaron a hervir los ayes, los quejidos, en el aire, a martillar los oídos. Montánchez se despertó, sin saber lo que pasaba.

—¿Qué es esto, qué es esto? ¿Quién demonios grita?

Se miraron los cinco hombres: ninguno de ellos gritaba.

—¿Y los motores? ¿Por qué estamos parados? ¡Adelante, a toda marcha...!

Ya los otros habían acudido a la máquina. Nada. Cada pieza en su sitio.

—Nos han traicionado, esto es una traición...

Se cambiaban miradas de recelo y de odio, de cualquiera a cualquiera. Ya estaban rodeados de las burbujeantes oleadas. Montánchez las seguía, con extraviada vista.

—¡Mentira, mentira, estamos borrachos, tú y ése, todos borrachos!

El "Floral II" se mecía graciosamente en la onda. Metieron algunos las manos en el mar, echándose agua por las cabezas, a que les quitara el delirio del vino.

De pronto Montánchez sacó una pistola, encañonó al que llevaban por maquinista.

—¡A ponerlo en marcha, en el acto!

—Ponlo tú, si puedes... No hay quien lo pueda.

Montánchez, frenético, apretó el gatillo; no

se movía. Cogió furioso la pistola con las dos manos, haciendo más fuerza. Máquina era y, por eso, no funcionaba.

—¡Traición, traición, nos han vendido! ¿Pero esto, esto? Paradlo.

Se tapaba los oídos con las manos. Los otros habían ido a refugiarse en la cámara, por si allí se oía menos. Pronto salieron, despavoridos, añadiendo sus gritos a los sobrenaturales, sin persona. Uno arrancó la pistola de Montánchez, se la puso en la sien; y, como antes, no disparó. Ya les tenía sobrecogidos la sensación de un poder que les sitiaba, marcándoles el cerco donde serían sus muertes. Sí, cercados estaban, sin salida; el mar, sólo el mar podía ser salida: por él se sale a todo. Y allí se la buscaron, uno tras otro, de cabeza, alocados. Montánchez, no... Le sujetaba los pies a la embarcación el peso enorme de las joyas, en sus sacas. ¡Dejarlas, nunca! En un resquicio de razón aún se le presentó el negocio agrandado; los otros, desaparecidos, no tendría que repartir con ellos. Todo era aguantar, aquello pasaría. Se tiró al suelo, los brazos rodeandole la cabeza. Pero el gemir aún le pareció que arreciaba, así, tapado. Le apretaba las sienes, le sofocaba el pecho. Algo se le hundía, dentro del cráneo; era el suelo de su razón, viniéndose abajo. Echó mano a una saca, la abrió a tirones y empezó a hablar con el mar:

—¿Comprarme queréis, no, comprarme? ¿Cuánto, cuánto?

Extraía puñados de joyas, para dárselas al agua; y más y más... Estaba la cubierta sembrada de prendas, collares, anillos, alfileres, de aderezos, de piedras sueltas, que se encendían en la noche...

Cuando iba vaciando la tercera saca se desplomó en el suelo. El barco mecía el cadáver, con vaivén delicado, como madre la cuna. Los diamantes más altos, los celestes, veían en el fondo del mar repetirse sus luces, encenderse las constelaciones de las joyas terrenas, como ellas ya para siempre sin dueño.

Siete de junio. El día antes se había contestado la pregunta callada de tantos millones de seres expectantes: en las playas del Gran Casino el agua tomó contacto con el fenómeno: ya se vio que el mar no era barrera del desastre. El mundo de los hombres estaba condenado a morir de quejidos, de ayes de otro mundo.

XVIII
APOCALIPSIS Y ALBOR

Siete de junio. Todavía el Gobierno del E. T. C. no ha dado a las demás naciones la noticia. Guardase el tremendo secreto, y ellos solos saben que a estas horas las oleadas del llanto van caminando sobre las del agua, a su paso de siempre, igual que adelantaban por tierra. Es el Regente el que solicitó del Gabinete aplazamiento, en la comunicación de su condena al universo. ¿Por qué?, se dijeron sus ministros. Tampoco él lo entiende. Sólo recuerda que dos noches antes, aquí en su provisional residencia costera, donde aguarda el momento del embarque, a la hora de su lectura se le iba el pensamiento hacia atrás, a su biblioteca íntima, a aquellos volúmenes, casi todos prohibidos, con los que se gozaba secretamente, día a día. ¿Volverá a verlos? Su secretario le aconsejó, antes de salir, quemarlos. ¿Para qué? Allí pueden quedar, que en un país despoblado no va a haber ojos que los descubran. Se ha traído en su equipaje algunos volúmenes dilectos y de poco bulto. Es la víspera del temible contacto en Caleta Honda. Lo que lee es un tratado de Séneca: "El que no puede esperar nada, que no desespere de nada". Estas palabras ya no se le irán del ánimo. Y entre los muchos, increíbles, sucedidos de aquellas semanas, este, también, es de gran rareza: que un Viridimonte, de secular linaje, político de escéptico sesgo, enseñado en lecturas desengañadas, observador irónico de los hombres y sus manejos, haya perdido el dominio sobre el funcionar de su conciencia, hasta tal punto que no se da cuenta de que es esa frase el origen de su extraña demanda: que se aplace, aun por unos días, la comunicación a la humanidad del fallo que han firmado sobre su suerte, en una playa de lujo, las antiguas espumas del mar y estas, novísimas, fatídicas, que vienen por el aire.

Aquella mañana Cecilia hubo de dejarse a Víctor atrás. Y eso que les faltaba muy poco camino ya. La torre altísima de la estación de radio del P. D. D. se veía en la distancia, frío, apagado, faro metálico de los peregrinos. Pero él no podía más; suplicó a Cecilia que siguiera; porque alguno tenía que llegar. Él se buscó acomodo en una de las residencias particulares que para los científicos había en el coto. Allí esperaría, dijo; porque ella iba a volver. Al oírselo afirmar, Cecilia no acertaba a descubrir, en los ojos húmedos con que la miraba, si en verdad lo creía, o no. Honrada como era, no supo mentirle:

—Sí, Víctor. Volveré, si puedo... Yo creo que sí...

Por dejarle menos solo, encerró con él a los dos canes —ya sólo dos le seguían—. Como querían irse detrás ladraron, cuando Cecilia salió, dando saltos contra la puerta cerrada, un momento; luego, cual si obedecieran el deseo de ella, se volvieron hacia la cama junto a Víctor; uno le lamió la mano, que tenía colgando.

También Cecilia llevaba en su alma, ella lo sentía, la fuerza justa para llegar, nada más. No hacía cálculo, como los náufragos en su balsa, de los tragos de agua que les quedaban, pero sentía muy bien que le restaba la vida suficiente para alcanzar su meta, ni una gota más. Después, ya no sabía. Su vivir no tenía más que un futuro inmediato; llegar, y luego no existía. De haberlo, saldría precisamente de su arribo. Allí se le dictaría su porvenir. Por eso no intentó acompañar, ni un rato más, a su compañero, usar energía en alentarlo. Y por eso marchaba con el ritmo y la regularidad de atleta, conocedor del empleo perfecto de cada músculo, ahorrándose despilfarro de la fuerza indispensable para rematar bien la prueba. Una sola novedad sentía, muy menuda, muy retirada en un rincón de su alma, pero viva: que se había dejado algo atrás. El haz de sus energías todo apuntaba a su fin, al de siempre, y sin embargo una chispa de su poder aspiraba con levísimo tirón, casi sin fuerza, a atraerla de nuevo al lugar recién dejado, a hacerla volver. Pero sin saber a qué quería volver.

¿Con qué sentido percibiría Cecilia que se acercaba al centro del enigma? Era un sentir, con el alma, parejo al del cuerpo humano al arrimarse a un gran fogaje; que se inicia con una tibieza y un rosicler en el rostro, se va acalorando, hacia el rubor, y termina en abrasador encendimiento de toda la figura, ardiente de rojez. Ya como a un kilómetro antes del laboratorio empezó a perder la temperie de su alma; el presentimiento de proximidad, de inminencia que la invadía no se le entraba por ninguno de los sentidos; pero sin afectar ojos, olfato u oídos, lo percibía como la más penetrante sensación de totalidad que nunca recibiera en su persona. Fue medrando en intensidad; a cada paso, un grado más, en Sucesión lentísima y constante. Abrir la puerta, seguir por el pasillo que desemboca en el hogar del misterio, fue ascender, sin cambiar de plano, hacia la plenitud y coronamiento del uso de aquel nuevo, altísimo, modo del sentir, que ella sabía muy bien se le había dado por sola una vez, y para sólo una cosa. Por eso, antes de ver la bomba misma con los ojos, irrumpió su presencia, su realidad, en el alma por innumerables embocadores, las coyunturas de los huesos, los extremos de los cabellos, las plantas de los pies, por todo su físico ser vuelto acceso, y ansia de entrañar.

Seguía puesto en la mesa de laboratorio. De las siete heridas manaban las burbujas, menudas, que iban luego hinchándose en el aire, multiplicándose por todos lados, poblándolos de plañir. Bien tenía ya sus oídos avezados a lo agudo de las quejas, a las desgarraduras de los ayes; pero estos que oía en su mismo manadero traían un dolor con claridad; su potencia de doler se iluminaba con una significación supramaterial, con un entender. Más que dolor solo y aislado, se revelaban como un condolerse. Tantos ayes, aunque distintos, fundiéndose unos con otros, querían decir que de nada sufre más el dolor que de su propia soledad, y que los doloridos buscan, todos, arrimo de hermandad. La aflicción que sobrecogió a Cecilia no fue ya sufrir en ella, en sus tímpanos y en su alma; fue un sufrir por lo que sentía sufrir detrás de sí, imposible de saber dónde, imposible de verles sus formas o sus rostros; sufrir de aquel tanto sufrir, padecer con él, entregar el propio sufrimiento a otro inmensamente mayor; ser el último carbón que se echa a un hogar rebosado de llamas, para que llamee también en él.

La verdad que Cecilia presentía, sin saberla, allí le salía a la cara; no, ni misterio inescrutable, ni fenómeno físico, era aquello; sí clamor de humanidad. Sollozos, gemidos, con calor aun de pechos y labios, conservado misteriosamente. Seres humanos, de siempre; los victimados, los ajusticiados sin justicia, los sacrificados por sus prójimos, los muertos de muerte cainita, de muerte por mano fraterna. Todos los tiempos del matar, y los muertos de muchos siglos, se juntaban aquí en pavorosa simultaneidad; los muchos pasados era un poso, tremendo, presente, que venía a embestir la conciencia del hombre, afirmándole que el fratricidio no prescribe, que cada nuevo muerto de mano hermana repite innumerables muertes, iguales, en el pasado que se suma a ellas y por todas debe doler. Se negaba el dolor a ser historia, aquí venía, en enorme masa secular, a que se le sintiera vivo y presente por los hombres que viven recluidos en sus solas vidas y no creen en más dolor que el de su momento.

La fantástica queja coral era la resucitadora: de las penas olvidadas, adrede, por los que no quieren pasar penas; del sufrir que se arroja de la memoria por los que se niegan a sufrir; de los tormentos que se apartan de la vista, porque otros son los que los padecieron. Lo que pedía era la comunión en el sufrir, la dolorida conciencia de que había existido una innumerable humanidad que agonizó y murió por malquerencia de sus hermanos; que existía, allí, ahora, en ese inmenso planto y pedía que todos la oyeran y todos respondieran de ella. Clamaba por piedad, por una junta de todos los seres en projimidad de comprensión y misericordia.

Pero aun suspiraban por más: no era aquel alarido vano, desahogo gratuito del sufrir; pedían que se acabara el mal que el hombre hace al hombre. Y que aquellos manantiales del dolor, sin cesar alumbrados por la maldad o la nesciencia, se sellaran para siempre. Tantas voces ululantes, retornaban a su origen, a una sola, la voz clamante del moribundo que a todas las representa: el ¡ay! de Abel.

Igual que en una multitud se van distinguiendo los rostros diversos, al cabo de mirarla, se diferenciaban en esta inmensa hueste de victimados todas las variantes de la maldad fratricida. Decapitados por el filo del hacha, agarrotados en patíbulo, pingados en cuerda, crucificados en madero, sofocados por el gas, abrasados por rayo científico desde un cielo sin cielo, desgarrados por cascos de metralla, todos los peldaños de la escalera que los fratricidas han hecho a la muerte para que se lleve a sus hermanos a su profundo. Grito sería de uno, este, que murió en soledad, lapidado en el desierto; gemidos, otros, de innúmeros sacrificados del mismo golpe, en hecatombe colosal, por obra de bomba. Y todos supliciados en su carne mortal, pero buscando alcanzar, desde ella, para hacerle fuerza y rendirle, a la que más se resiste, a la imposible de tocar, al alma. Todo para hacer fuerza a las almas de los hombres.

Por eso clamaban; ya no por ellos, víctimas sin remisión, muertos de siglos, sino por los otros, los vivos en este día; los expuestos, por hallarse en vida, al mismo sufrir de ellos. Innúmeras huestes de muertos de mala muerte, suplicantes por este puñado de vivos para que muriesen mejor, en paz.

Cecilia se aproximó a la bomba; grande era el misterioso cuerpo manantial de las quejas y, sin embargo, porque mandato interior, irresistible se lo mandaba, abrió los brazos para estrecharlo contra su pecho. Apenas podía abarcarlo, pero en cuanto lo tuvo ceñido, apretándolo contra sí, se ablandaba, iba cediendo, mermando; su tamaño se ajustaba al afán de abrazar, como si saliera al encuentro del abrazo y lo hubiera estado esperando. ¡Qué fácil ya! Lo sintió igual que un corazón, junto a su corazón, fundiéndose, ella, en él. Y las siete heridas, las siete bocas surtidoras del plañir se cerraban, hasta que de la última salió la queja final, débil, ternísima, suspiro de niño. Cecilia se dio cuenta de que ya se marchaba toda fuerza de su cuerpo; abrazada siempre a aquello, se dejó caer, ido ya el sentir. La última visión de sus ojos, al cerrarse, fue el ventanal de la iglesia; no había vidriera, ni ángel mensajero, ni desastre, ni mundo en llamas. Allí estaba, ahora, un puro lienzo azul, de cielo. Y la Dolorosa tenía, otra vez, en su sitio, el del corazón, el bulto que ella sonó que le faltaba.

Al volver Cecilia de su privación todo era otro: el día, el siguiente, uno más; el aire diáfano, hialino, lustrado de mal por las oleadas de burbujas, de las que ya no se veía ni una; y muy otro, sin estrenar, más precioso que las demás ofertas que la mañana ofrecía, el silencio. Un silencio que ha triunfado de su enemigo más malo —los ayes—, un silencio rescatado del mayor riesgo —no existir nunca más— y que ahora, resucitado, se recrea en su ser, se calla, recogiéndose en su recóndito seno, a gozar de su belleza. Silencio hermoso, con hermosura de alma después de estar al borde de pecado mortal, misteriosamente salvada. Cecilia lo sentía en los labios, sal marina; abría la boca para aspirarlo, se le entraba en los pulmones y le henchía el pecho de pureza. Hacía cuenco con las manos, allí lo recogía y se lo pasaba por la cara, lavándosela con silencio, que la mundificaba como agua ninguna. Pero el goce más alto era escucharlo, con los oídos aplicados sólo a él, sin que se escapara el más leve soplo de su callar.

Ahora, despierta, se vio que no tenía ya nada abrazado contra el pecho. Aquel misterioso cuerpo, bomba, objeto X, causante del sucedido más estupendo de la historia, se fue como vino. Ni visto, ni sabido. La muchacha se alzó. Había pasado en su trance la noche entera, la prima mañana; el día ahora iba camino de las nueve. Salió, y allí le dio en la cara la gran novedad: el aire limpio, despejado. Tan sólo a lo lejos aún se percibía la neblina de burbujas. Empezaba a entender: ya sin foco impulsor, cerradas las fuentes, las oleadas de quejidos se irían agotando, deshaciéndose en el aire. El siniestro que apesadumbraba a la humanidad entera había cesado. Nadie lo sabía más que ella. A ella se le reveló, elegida, única criatura, iluminada por tan maravillosa luz, la noticia de que el mundo estaba salvado; y como nada se salva ni se pierde por azar, es que el mundo aún merecía salvarse.

Estaban empavorecidos, en fuga, por los mares, los ciegos de voluntaria y empeñada ceguedad, los que tenían ojos para ver y no veían, los que tomaron por caminos de salvación el que lo era de perdición segura. Se apiñaban trémulos, rebaños sin esperanza de pastor ni de pasto, en los barcos; y la estela se les imaginaba su destino de muerte, queriendo despegarse de ella, huirla y que nunca les dejaría. Se habían negado a vivir del pábulo que, por privilegio divino, únicamente se da al hombre; esperanzas sin cuerpo, intangibles ficciones; se nutrían sólo, como el animal, de lo que se ve, se palpa, se masca. Indefensos estaban, por haberse rodeado de murallas de cantos y arsenales de acero; despidieron a la guardia y escolta con que sólo el niño del hombre nace para defenderse en su vida, tropa de sombras, fantasías, ángeles, imágenes; eran los descreídos profesionales de lo increíble. Y, cuando les llegó la hora de verlo frente a frente, se encontraron con que aquellos brazos fabricantes eran inútiles; con que las manos, rebosantes de artefactos e ingenios, estaban terriblemente vacías. Les salvaban los brazos de Cecilia, porque ella los usó en su función altísima, para abrazar lo que no se entendía, lo que a todos puso en pánico y ella fue a buscar, en amor; lo que sólo por abrazo se podía salvar. Fue aquello que más negaban lo que les libró al borde mismo de su fin.

Quién sabe cuántos días tardarían aún en saberlo, mientras Cecilia andaba ligera, elástica, viviendo por primera vez toda su plenitud de mujer que siente su destino y hacia él se avía. Llegó a Víctor; estaba sentado en el suelo, todo envuelto en el sol del mediodía, y esperándola, con la vista, por el camino que ella traía.

—Has vuelto, ¿ves? —le dijo, con son de maravilla.

Ella le alzó del suelo ofreciéndole las manos.

—¿Era eso, verdad? Lo que tú creías...

—Sí, lo que yo creí... Lo que tú no creíste del todo. Por eso te dejé atrás.

Miraban lo de alrededor. Aquella altiplanicie

desolada parecía lo más antiguo de la tierra, lo prístino, antes de la flor y de la hora: el primer suelo, el primer estribadero, que se le daba al hombre para iniciar en él su vida terrenal. Todo preludiaba. Se sentía una fragancia de orígenes, un aroma de dispuesta virginidad; todo preparado a esquiciar la faena de vivir; por estrenar estaban aires irrespirados, tierras sin hollar, aguas que no conocían de los labios. Les rodeaba una oferta inmensa, una inminencia de brote, pedido por las más profundas raíces, un albor de nidal y niñez. Las cosas querían ser, todas aceptadas por el hombre. Y se proponían a él, inmaculadas, para que viviera en ellas; temblaban, bajo la tierra sin arar, los trigos y los panes; las auroras aguardaban, al borde de las noches, seres en quien amanecerse; piaban los pájaros, por oídos. Y todo podía ser, o no ser. Pendiente de que hombre y mujer tomasen, o no, la manda que desde todo se les brindaba, desde el horizonte y desde el polvo que tenían a los pies, desde la luz del día a lo oscuro de sus entrañas. Se les proponía los más hermosos esponsales, el desposorio con la fe, decir que sí al sí.

Aceptaron. Cecilia sintió subir, la primera, la afirmación; Víctor la siguió, sumiso.

—Vamos —dijo ella—. A buscar pradera verde, sombra y agua; a buscar casa y abrigo y lecho. A buscar a nuestros hijos. Nos quieren. Nos tendrán.

Quedaba hecho el nuevo voto entre el hombre y la tierra. Aquellas dos criaturas rezagadas, las últimas, eran ya las primeras, las que iban delante, abriendo vía, con el vértice de sus corazones, al sueño de una humanidad donde el morir jamás le viniese al hombre de mano de hombre: sólo de la voluntad de la Muerte. Hacia un mundo sin el ¡ay! de Abel.

FIN

Baltimore, febrero-abril, 1950

Libros Mablaz Ciencia Ficción y Fantasía

http://librosmablaz.com/

Libros Mablaz CLÁSICOS de Ciencia Ficción recuperados

LM
CLÁSICOS

http://librosmablaz.com/

Narrativa — Relatos

/www.librosmablaz.com/